シン・モノガタリ・ショウヒ・ロン

歴史・陰謀・労働・疎外

大塚英志

星海社

191

SEIKAISHA SHINSHO

目次

ノート1

物語陰謀論

1 「物語消費論」の現在からの整理

本書は1989年に出版した『物語消費論』の三十余年後の著者自身による注釈として書かれる。

議論としての「物語消費論」は、創作行為を個人の特権から剝奪し、それが集合知の生成であり同時に機械的であるということを示そうとしていたように読める。しかしそれは近代文学批判として書かれたのではない。チョコレートに食玩（おまけ）として付されたシールをめぐるエコシステムの中に、消費者の擬似的な創造行為を位置付け、消費する快楽の中に擬似的創造行為を組み込むことが可能だというマーケティング理論として書かれた。

マーケティング理論だというのは事実として、一連のエッセイの一部が『電通報』など広告代理店の媒体に書かれ、「ストーリーマーケティング」と当時呼ばれた流行にも一定の影響を与えたからである（福田、1990）。「物語消費論」は広告理論として明確に書き直され、それが『見えない物語』にまとめられている一連のエッセイだ（大塚、1991）。広告代理店は今でもそうだが、メディア理論（めいたもの）をマーケティング理論として援用する「習性」がある。それは、現在の広告代理店的な戦時下に於ける出自の一つでもある報道技術研究会などによって、理論や機械芸術といった当時の最先端の「現代思想」の実践が戦時プロパガンダの場で行われてきたことの恐らくは「伝統」である。１９８０年代の時点では応用される先端思想の名が「ニューアカ」であった。

「物語消費論」の場合、前提となった「ニューアカ」の一つは、ボードリヤールの一連の消費社会論である。それは来るべき（あるいは到来しつつある）高度消費社会にあって、商品に於ける付加価値を使用価値から記号的価値へと転換せしめる議論として一義的に受けとめられていた。高度消費社会とはフォーディズムによって大量生産される大衆消費社会の「次」の局面としてイメージされた、ポストフォーディズム的な社会である。そのわかり易《やす》い例としてしばしば言及されたのが「サンリオの奇跡」である。同社の前身の会社が売れ残ったビーチサンダル（フォーディズム的大量生産）に花柄のプリント（記号的価値）を付したところ売れたという「神話」で、サンリオという企業は当時、高度消費社会のアイコンであった。すなわち、ハローキティもＤＣブランドも「記号的価値」として同じ水位にあった。高度消費社会の到来を受けて、「転向」を公言した吉本隆明が、コム・デ・ギャルソンをファッション誌で「着る」ことに意味を見出したのはそれ故である。吉本は「記号的価値」を纏《まと》って見せたわけである。

そして「記号的価値」の次に消費者が求める「価値」の一つとして、1980年代末頃に注目されていたのが「物語」である。この場合の「物語」とはフィクションとしての「物語」の意味に限定される。

例えば照明施設の落下事故でのみ記憶されることになったディスコ「トゥーリア」は、「不時着した宇宙船の乗務員が救出が来るまでの3年、未知の星で踊る」という「物語」の下に、内装や演出が「プロデュース」されたと「空間プロデューサー」が語っていた。それは『物語消費論』のコラムで扱っているはずだ（大塚、1989a）。東京ディズニーランドのアトラクションの一つ一つに説話構造を持った物語が付加されているほどの洗練はなかったが、当時、流行の「空間プロデューサー」の仕事とは、当時は「コンセプト」と呼ばれた「物語」的価値の提案であった。

このような「物語」を伴う商品による消費者の動員手法は、ストーリーマーケティング、ないしは、物語マーケティングと呼ばれた。ただ、当時、広告業界が「物語」とか「ストーリー」と呼んでいたのは、アニメやまんがの「世界観」やバックストーリーに近く、「モノ」や「施設」をつくることで「物語」を付加価値とするものだった。したがって、この数年、再び広告の世界で復興した「ストーリー」が、「商品開発をめぐる挿話」や「消費者の生活場面を繋ぎ合わせて意味付けする」という意味での使い方をされるのとは異なる。

80年代当時、ストーリーマーケティングの議論に用いられたのは、クロード・ブレモンやユーリー・ロトマンの文化記号論的な言説で、ウラジミール・プロップの形態学的な民話論やロシアフォルマリズムに源流を持つ物語論であった。それが「物語消費論」の背景にある、二つめの当時の「現代思想」である。

そこにもう一つ、TRPG（和製英語でテーブルトークRPG、Tabletop role-playing game）のイメージがぼくの場合は重なっているが、これは後述する。

だからぼくが「物語」の語を用いた時、プロップに倣って作中の時間軸に添って線的な構造（というよりは「形態」）を持った「物語」を基本的には言う。プロップはキャラクター（主に主人公）の作中に於ける諸行為のうち、ストーリーの進行に作用するものを限定して「機能」と呼び、それを「物語」を構成する最小単位とした。そして、この「機能」の進行方向への配列を「物語の形態」と呼んだ。「物語消費論」では、その上でリオタールの「大文字の歴史」の意味に近い「大きな物語」という語法、物語消費の生成・消費の一回性の中で「形態」や「構造」といった統辞秩序に準拠し発生する「物語」を「小さな物語」と呼ぶ語法が並存する。ただし「物語消費論」の枠内では「大きな物語」は、現実の「歴史」でなく、仮想世界に於ける「大きな物語」にむしろ近い。

また、ぼくの議論の中では「小さな物語」とは「消費」の結果の産物であり、様式としては短く不完全であっても説話構造を持っているものを指すことが多い。

それ以外に本書全体の用例でわかるように「物語」を広義の発話的行為の意味で使うことがある。創造的行為の比喩として用いる例もある。そのあたりは文脈で判断できるはずだ。

さて、「物語消費論」は「大きな物語」が送り手・受け手間で「教養」として共有され、そこから一回性の物語がその都度立ち上がるという枠組みを一つには含む。この場合、「大きな物語」は歌舞伎の「世界」、TRPGの「世界観」に近い意味を付与される。このような議論に、同時代に書かれたヘンリー・ジェンキンズのファン文化論に於ける二次創作論、いわゆるファンフィク（fanfic）との類似を見ることは可能である（Jenkins, 1992）。

しかし「物語消費論」に於ける議論の中心は「物語」の創出ではなく「世界」そのものの共同的創出に主題が置かれていた。

それはかつて『物語消費論』の中で食玩「ビックリマンシール」の「仕掛け」について以下のように要約したことに示されている。

①シールには一枚につき一人のキャラクターが描かれ、その裏面には表に描かれたキャラクターについての「悪魔界のウワサ」と題される短い情報が記入されている。
②この情報は一つでは単なるノイズでしかないが、いくつかを集め組み合わせると、漠然とした〈小さな物語〉――キャラクターAとBの抗争、CのDに対する裏切りといった類の――が見えてくる。
③予想だにしなかった〈物語〉の出現をきっかけに子供たちのコレクションは加速する。
④さらに、これらの〈小さな物語〉を積分していくと、神話的叙事詩を連想させる〈大きな物語〉が出現する。
⑤消費者である子供たちは、この〈大きな物語〉に魅了され、チョコレートを買い続けることで、これにさらにアクセスしようとする。

「ビックリマン」が描き出した〈大きな物語〉の具体的な内容に関しては本文で触れたので詳しく説明しないが、それは出口王仁三郎の『霊界物語』やインドの叙事詩『マハーバーラタ』を連想させる壮大な神話的年代記なのである。消費者である子供たちは、この〈大きな物語〉の体系を手に入れるため、その微分化された情報のかけらである〈シール〉を購入していたわけである。したがって、製造元の菓子メーカーが子供たちに〈売って〉いたのは、チョコレートでもなければシールでもない。〈大きな物語〉そのものなのである。
（大塚、1989a）

これを改めて整理すると、

(1) まず、単独では意味をなさないフラグメントとしての情報が受け手に示される。
(2) 受け手はフラグメントを順序立てて一回性の物語を創出する。そこで用いられる情報の統辞法は物語の文法に近い。しかし、成立したものもフラグメントとしての物語に過ぎない。
(3) このフラグメントとしての物語がいくつか集まると「大きな物語」、即ち大袈裟に言えば歴史や世界認識の所在が予感されてくる。
(4) その「獲得」が消費のモチベーションとなる。

と、まとめられよう。

この「小さな物語」の背後の「大きな物語」をある時期からぼくは「サーガ」と呼んでいる。

このように「物語消費論」は、消費行為の目的を「サーガ」や世界像の獲得に求めている。そしてそれは、歴史の捏造さえ含み得る議論だった。

だから注意すべきは、当時、ぼくがビックリマンの「大きな物語」を「神話体系」と呼び、「大きな物語」の具体例として、出口王仁三郎《でぐちおにさぶろう》『霊界物語』や、叙事詩『マハーバーラタ』、もしくは民俗信仰上の「異界」、新宗教の「神の世界」、更には「天皇制」にまで不穏に言及していることだ。つまり、いわゆるフェイクヒストリーや宗教的世界像を「大きな物語」を比喩し得る具体例として掲げているのである。

このような「物語消費論」の議論には受け手の「大きな物語」への渇望が前提となる。その点で東浩紀《あずまひろき》の『動物化するポストモダン』とは異なる。東は「大きな物語」による「縛り」としての「物語」を求めない「刹那」からなるいわばポストモダン的なステージを想定し、データベースからの機械的な「要素」の組み合わせによるキャラクターの生成と消費への移行を、「萌えキャラ」を例に主張する。それ故、「大きな物語」と「キャラクター」のどちらを渇望するのか、「物語消費論」と東の「データベース消費論」の乖離があるように見える。

しかし、そもそも東のキャラクターに於けるデータベース的生成論は、手塚治虫がまんが記号説によって主張した自らのまんがのキャラクターはパーツの組み合わせであるというモンタージュ論を前提としている（手塚、1979）議論の反復であり、その出自はエイゼンシュテインのモンタージュ的日本文化論に遡れる機械的な創作理論だ（エイゼンシュテイン、1932）。

ゼロ年代以降の二次創作がもっぱらキャラクターの「弄び」に限定されるのは、二次創作者のスキルや二次創作需要のポルノグラフィー化が外因である。あるいは「世界」そのものを忌避する「オタク」心情を見てとれなくないが、消費の動機としての「大きな物語」と「キャラクター」との差異は何か新しい局面の到来を特徴付けるものではない。そのことは、二次創作から一歩離れてしまえば『動物化するポストモダン』の上梓直前に、オウム真理教事件や教科書批判の形を借りた歴史修正主義の台頭といった、あからさまな「大きな物語」への渇望が露《あら》わな出来事があったことで反証できる。そして「歴史修正主義」や「陰謀説」といったチープな「大きな物語」への渇望が、ゼロ年代以降、広く拡大しオンラインの内外のチープなナショナリズムへと連なっていく。麻原彰晃が「大きな物語」

の語り手であり、幹部たちがその作中人物として位置付けられていたことは「土谷ノート」に明らかであり（大塚、2001）、村上春樹は信徒が自身の実存を麻原という「物語メーカー」に委ねていたと指摘しているように（村上、1997）、「大きな物語」への帰属欲求はおたくの二次創作やキャラクター商品の消費といったキャラクターの「弄び」とは異なる次元、つまり「現実」の側に確実にむしろ移行した。つまり「物語消費論」的な現象のリアルへの拡張があった。

やや論を急いだが、村上春樹がジャンクと呼ぶところのフラグメント的な情報が、「フラグメントの物語」を経由して「大きな物語」に集積される「物語消費」の仕組みは、既に言及しかけているように現在に限定してもフェイクヒストリーや陰謀説に支えられた世界像の創出の仕組みとして機能している。無論、東のキャラクター生成の議論と強引に結びつけるなら、ヒトラーから麻原、あるいは固有名は出さないが昨今の各国で歓待された「独裁者」的為政者が、「いかにも」の教祖や独裁者「属性」の組み合わせにしか見えないのにも拘《かか》わらず、それ故、「キャラ」としての「超越性」を獲得していることの説明として援用できる余地はないわけではない。つまり一種の「萌え」である。「杜撰《ずさん》なフェイクヒストリー」という超越性には「杜撰なカリスマ」という超越性がふさわしい。東は「キャラ」が

「神」としての「超越性」を獲得していくと主張するが、超越性（つまり「セカイ」）への欲望そのものが「物語消費」を支える動機でもある。

ところで今、成り行き上、「杜撰な」と書いたが、「杜撰さ」は「物語消費論」にとって重要な装置である。それは村上春樹が「ジャンク」に込めた意味とニュアンスは呼応する。「杜撰」とはこの場合、論理のバグや、情報の空白がある、ということである。例えばぼくは「物語消費論」の角川書店（当時）に於ける援用として『魍魎戦記ＭＡＤＡＲＡ』というメディアミックス作品をつくった時、仕掛けたことの一つが、二次創作（ということばは当時まだなかったが）を誘発する「穴」を「つくる」ことだった。具体的には作中の「大きな物語」めいたものの、わかりやすい可視化として読者に示した仮想世界の年表に「空白」や「矛盾」をわざとつくるのである。例えば作中の人物が10代の少年に見えるのに年表から算出すると30代になる、といった「矛盾」である。しかもその期間は「空白」である。このような思わせぶりの「空白」「矛盾」をいくつか仕掛ける。中にはぼくの単なるケアレスミスもあったが、その「矛盾」や「空白」を埋めることで、つまり「杜撰さ」を贖《あがな》うことを以《もっ》て受け手は「大きな物語」づくりに参与するのである。

それは改めて言及するヴォルフガング・イーザーの「受容理論」に於ける「空白」ある

いは「ギャップ」と同義であり、読者は「読み」という反応に於いて自らがそれらを補足しなくてはいけないのである。『MADARA』のこのような手法がもう少し高度なものとなれば、その「世界」や「大きな物語」の全体像を予感させる情報が作中にフラグメントとして大量に示され、それを一つの整合性のある「世界」に収斂《しゅうれん》させないではいれない、二十数年を挟んでの新旧エヴァンゲリオンの観客を動員しうる仕掛けになる。村上春樹が麻原や村上自身を「物語メーカー」と形容した時、「物語」(この場合、「大きな物語」)の創出に用いるフラグメントをジャンク、即ちサブカルチャーからの引用と呼んだのも「杜撰さ」と関わる問題であるというわけである(村上、1997)。この場合のサブカルチャーとは「歴史と地勢図から切断された」という江藤淳的な意味であることは言うまでもない。

こういった「世界」像そのものの隙間や、「大きな物語」を構成するフラグメントの「杜撰さ」や「空白」は、受け手の「世界」への参加障壁を下げる役割を果たす点も注意したい。ヘンリー・ジェンキンズはファン参加文化論の成立要件に「参加障壁の低さ」を図らずも指摘しているが、これは参加の誘発に重要な条件である。能力に応じて参加できる枠組みが参加型文化には必要なのである。だから東がことさら問題とする「大きな物語」か「キャラクター」かという問題もまた別の視点から言えば参加者の能力やスキル、せいぜい思考の水準の問題であって、それぞれの参加者の能力に応じた「杜撰さ」が参加を容易にする。

「杜撰」を入り口としたため議論が前後したが、「物語消費」に於ける「大きな物語」への渇望はそれが「参加」によって満たされるという仕掛けと対になる。即ち、「物語消費」が仮に「作者の死」を意味するなら、それは「読者」に解釈を一任するだけでなく、「二次創作」として「書く」ことで一回性の物語（つまり「異本」をその都度産み出し）、更にはその背景世界としての「大きな物語」そのものの更新に参与可能であるという点に於いてである。つまり「物語消費論」は「異本」の創造権と「世界」更新の参加権の双方を受け手に実際に開放してしまうのだということを論じていたといえる。

2　Qアノンのための「物語消費論」

「物語消費論」を「異本」と「世界」更新への参加型創造論と見なした時、それは否応なく偽史製造理論と化す。「ビックリマン」の仕組みで天皇制は復興できると嘯《うそぶ》いていたぼくの中に偽史制作機械への欲望がなかったというつもりはない。

フェイクヒストリーの捏造という偽史運動は、近代に限ってもナチスの「先祖の遺産」

から先のオウム真理教などの新宗教を含め枚挙に遑《いとま》がないが、その中で偽史製造理論としての「物語消費論」の見地から今、検証しておく意味があるのはトランプ政権下（当時）の北米で肥大したQアノンであろう。

Qアノンは、2017年10月アメリカ政府のインサイダーを名乗るハンドルネーム「Q」による北米版2ちゃんねるである4chanへの投稿に始まると言われる。個人でなく、早い時期から複数のグループで活動していたという説が強い。

それがエピゴーネンの参加によってQの陰謀説をオンライン上、そして、リアルの世界で拡散していく人々が政治勢力と言っていい規模にまで膨れ上がり、陰謀説がリアルの政治で行使されることになった。その最も極端な形が2020年の米大統領選挙結果に反発した連邦議会議事堂への集団での侵入事件である。

しかし、Qアノンの唱える陰謀説そのものは至ってクラシックである。陳腐と言ってもいい。それは、悪魔崇拝者、小児性愛者らによる秘密結社であるディープ・ステート（「影の政府」）が全米のみならず世界を支配し、トランプは彼らとの聖戦を行っている、という構図からなる。Qは「影の政府」にアクセスできるインサイダーであり、同時に匿名の告発者である、というふれ込みだ。

こういった「影の政府」とその陰謀、それと戦う主人公、そして内部通報者という構図は例えばクリス・カーターによるアメドラ『X・ファイル』（1993 - 2002）で典型的に示されたものである。その後もアメドラやハリウッド映画で反復され、陳腐化したものだ。そして、それらは当然だがエンターテインメントの枠組み、つまりフィクションに留《とど》まるものだった。しかし、そのアメドラ的な物語の構造に「Qアノン」は現実の政治を当てはめ解釈した。その手続きを以て「現実」は「物語」化するのである。

「陰謀史観」とはこのような「現実」の「物語論」的解釈なので「世界」は善悪に二分され、英雄とそのミッション、敵対者、援助者といった配役がなされ、物語構造によってフラグメント的情報が統辞される。ぼくは以前、アメリカの同時多発テロに於けるブッシュの物語を、一度失敗したダメ男がカムバックし強大な「敵」と戦いながら勝利するというハリウッド映画の統辞によって構造化されていると書いたが（大塚、2003）、安倍晋三の「物語」も同様のカムバック型であったように、ハリウッド映画の文法に一旦支えられた政治家は理屈抜きで支持される。それは実は「物語」はそれ自体、情報を論理立てる最もわかりやすい枠組みだからである。

この構造化に於いて、政治家に求められるのは「キャラ」としての属性要素であり、「アル中」であったり、一度は腹痛で政権を放り出したダメ男や周囲から見下されているといったネガティブな「属性」の方が主人公の属性にふさわしく、エリートやエスタブリッシュメント然とした人物はむしろ「敵」の属性となるのはフォークカルチャーの原則である。

そして、一旦、この「構造」が成立すれば「敵」に分類された側は、いかに科学的に論理的に正しくても「悪」であり、主人公サイドに分類されればいかに下世話で無知であっても「善」なのである。無論、アメリカのプロレス団体WWEのようにシナリオライターがいるとは言わないが、メディア自身が大衆の嗜好に合わせて「事実」を繋ぎ合わせることに呼応する、リアリティーショーの演者としての資質が政治家の才能とさえ言える。

ただしQのキャラクターについては、サリンジャーの『ライ麦畑でつかまえて』の主人公に「憑かれる」人々が絶えないように、キャラクターに憑かれてリアルで行動するという現象に関しては、「物語」というよりは自らの「空白の自我」への「仮想の自我の代入」としても捉えるべき問題だろう。

しかし、「アメドラ」とQが異なるのは、後者がオンラインを軸にする参加型である点である。

無論、「アメドラ」も今やオンライン配信が主であり、視聴者やファンコミュニティの反応によってキャラクターやシナリオ、そしてシーズンの継続が決まる。ファンが投票で分岐型のストーリーを選択する形式も試みられてはいる。しかしQアノンに代表されるオンライン上の陰謀説はそれが「虚構」ではなく「現実」の側で行われ、そこに「群としての作者」(柳田、1947)が比喩でなく参加し、陰謀説が日々更新され、デモや選挙運動、議会襲撃といった政治活動化している。それを「カルト」の一言で片付けてしまえばそれまでであり、陰謀論者の政治利用は今に始まったことでない。しかし、Qアノンは「web以降の陰謀説」であり、それ故に特徴的である。特徴的というよりも陰謀論生成の仕掛けがwebに最適化したと言っていいかもしれない。その点には注意が必要である。

そのことを考える上で興味深いのは「Qアノン」のweb以前の「起源」として、ルーサー・ブリセットの小説『Q』を「ARG」(alternative reality game 代替現実ゲーム)化したという議論である。

ARGの説明は後述するとして、小説『Q』とQアノンには確かにプロット上のいくつかの共通点がある。即ち、小説『Q』は、最高権力にアクセスできる「Q」なる工作員の物語であり、彼は民衆を巻き込む扇動者である。しかも陰謀や内通者、それと戦う者といったキャラクターの配置図の一致がある。その一方では舞台は16世紀の宗教改革の時代であり、Q自身が陰謀の担い手である点で異なる。

しかし問題とすべきはこういった物語の見かけ上の「類似」ではない。『Q』という小説が内在する仕組みそのものの類似である。『Q』というそもそも両者の類似を論じている。そして、看過できないのが、『Q』の作者の一人であるWu Ming1である点だ（Wu1 and Cramer, 2020）。

ここで、ルーサー・ブリセットという『Q』にクレジットされた「作者」名、及びWu Ming1という「名」についてのいささかの註釈が必要だろう。

まず、そもそもこれらの「名」そのものが「文化運動」としてあるという理解が必要だ。事情を承知している読者には今更の議論だが、ルーサー・ブリセットは「オープンポップスター」としての名である。それはコンピュータに於けるLiberaソフトウェアやオープンソースの考え方にも呼応するもので、誰でも参加でき自由に用いることのできるプロジェクト名＝作者名である。

「オープンポップスター」の例としては、ルーサー・ブリセットに先行して１９７９年、郵便で作品を発表しあうアナログなメールアートに始まるモンティ・カンティンが知られる。小説や音楽、パフォーマンスなどの作り手がこの名で作品を発表した。ルーサー・ブリセットは１９９４年、イタリアのボローニャに始まる「文化運動」のためのマルチユース名であり、最終的には数百人が参加したとされる。ヨーロッパだけでなく、北米やブラジル等にもブリセットは「出現」した。その名は実在のサッカー選手から借用され、「肖像」（図１）がアイコンとして用意された。ルーサー・ブリセットの活動は小説、批評、音楽、ソフトウェアだけでなく、例えばボローニャでＯＡされたラジオブリセットではその名を名乗る人々を繋ぎ、扇動し、現実の空間に於いて事件さえ誘導した。

その中の一つに、ルーサー・ブリセット名義の小説『Ｑ』がある、という位置付けだ。ルーサー・ブリセットは、プロジェクトとしては、１９９９年、その「切腹」によって終了する。そしてブリセットとして小説『Ｑ』を執筆した４人に１人を加えた５人のグループが新たに名乗った名がWu Mingであり、中国語で匿名を意味するとされる。言うまでもなく「Anonymous」「名無しさん」のニュアンスである。

５人はWu Ming1からWu Ming5を名乗った。Wu Mingはこのように作者の固有名を拒

図１ ルーサー・ブリセット肖像

(“Official” portrait of Luther Blissett, created in 1994 by Andrea Alberti & Edi Bianco.)
https://en.wikipedia.org/wiki/File:Lblissett.jpg

否し、自らを「キャラクター」「ページの余白を一時的に埋める存在」「陳腐を増幅する道具」と嘯き、顔の部分を空白とした5人組の肖像写真をアイコンとした（図2）。

既に述べたように、そのうちのWu Ming1がQアノンについて自ら言及し、両者を論じているのである。それが2020年10月に公開された「Blank Space QAnon. On the success of a conspiracy fantasy as a collective text interpretation game」（Wu1 and Cramer, 2020）というエッセイである。

このエッセイの中で、Wu1はQアノンのいわば元ネタとして自らの『Q』を挙げる一方で、Qアノンを「受容理論」で平然と説明するメタ的な議論を展開する。それが、Qアノンと『Q』の本質的な類似の指摘としてなされるのだ。正確に言うなら、そこで語られるのは、Qアノンと『Q』ではなく、Qアノンとルーサー・ブリセットという集合的創作の仕掛けの類似である。

Wu1は、テキストが無制限に解釈される中で受け手が「空白」を贖い続けるという参加型としての側面に何よりQアノンとの本質的類似を見出している。

无名
this revolution is faceless
図2　Wu Ming 集合写真
(Wu Ming Foundation "Official portrait" of the Wu Ming group from 2001 to 2008.)
http://www.wumingfoundation.com/

U・エーコは小説『フーコーの振り子』が出版される1年前に記号論の専門家としてコンスタンツ大学で「解釈の論争」について講演した際、彼は「気密性セミオーシス」を定義した。これはテキストが「無期限に解釈される」ことができるという考えで『フーコーの振り子』は、小説の形で「気密性セミオーシス」を表現したのだとした。実は、エーコは、1970年代に「受容理論」が生まれた学部でその講義を行ったわけだが、ヴォルフガング・イーザーによって導入されたその重要な概念の一つは、「空のスペース」または「空白」である。それは、文学的テキストにおいて存在する、読者自らが補わなければならない構成上の断絶や情報の欠如をいう。その結果、意味はテキストと読者の間の対話でのみ現れることができるのだ。

(Wu1 and Cramer, 2020)

「物語消費論」は、フラグメントでしかない情報と情報の間の「空白」を想像/創造することで読者がその空白を満たしていく活動が前提となっている。そのプロセスはQアノンの場合、脳内の活動に留まらず、webに投稿としてフィードバックされる。まさに「物語消費」の工程と同じである。

Qアノンの信奉者たちはJFKやイルミナティやノストラダムスといったかつての都市伝説の題材や、様々な陰謀説、サブカルチャーから借用されたフラグメント化した情報（村上春樹言うところのジャンク）を「調査」し、組み合わせ、その間に生じた「空のスペース」を埋める。「空白」そのものを自ら創造し、想像によって埋めていくのである。そうやって新たにつくられたフラグメント化された情報をSNSなどで発信し、小説『Q』の主張する陰謀説の体系を補強し参与する。しかし、それ自体が杜撰なフラグメントだから、更なる空白を生む。

これは日本に於けるネトウヨが陰謀説を参加的につくり出す仕組みであるとともに、翻れば、カードの裏面のフラグメント的な情報から隠された神話体系の想像＝創造に参与する「ビックリマン」需要の上にかつてのぼくが仮説したモデルと全く一致する。ぼくは「物語消費論」で一回性の物語の生成でなく「サーガ」の獲得と参与を求めるシステムの所在を強調したが、Wu1はその枠組みを「Qアノンフレーム」と呼びさえする。

こういった「Qアノンフレーム」に於いては、小説『Q』は「Qアノン」に引用されるフラグメントの一つでしかない。そのようなWu1の自作への批評性がQアノンと彼らを暫定的に分かつものである。しかし、決定的にとは言い難い。Wu1はただ論じることによってしかQアノンに関わり得ないからである。

しかしWu1の議論で注目すべきは、このような「Qアノンフレーム」をARGに比喩した点である。

ARGは現実を舞台にして現実世界に配置された情報にプラスし、現実の書物等に存在する資料を「調査」（それは言うまでもなくテキスト論的誤読であるが）しながら、グループ内でそれらの情報を共有して結末に至るアドベンチャー・ロールプレイング・ゲームである。

「物語消費論」の構想ではTRPGが「ニューアカ」とは別に論理構築に参照されている。TRPGとは、現在ではオンライン上で行われるRPGを紙のボードの上で行うものだ。ゲームマスターとゲームルールの統治の下で、アドリブ的かつ相互作用的に会話によって物語を参与的創作する。しかしARGは代替現実ゲームと訳されるように、もう一つの現実を生きるゲームである。現実とは区分されたマップや設定によって可視化された仮想世界の内側に留まるTRPGと異なり、リアルの側でプレイされることが特徴である。ファンタジー世界のコスプレでリアル上で「ごっこ」を演じたり、ナチズム下のドイツなど危機的状況下の人間になり切ってプレイするLARP（live action role-playing game）に近い。

しかしARGはむしろマーケティングの手段として近年は注目されていた。映画バットマンシリーズ『ダークナイト』の事前キャンペーンで作中の選挙運動をファンたちが現実にプラカードを作成しデモまで行ったのが代表的な例である。

しかし、Wu1はARGをあらかじめ用意されたゲームやマーケティングではなく、自然発生的な現象にも類似した構造を見出す。その点で、Wu1がポール・マッカートニーの都市伝説をARGの例として挙げていることは注意していい。

ポール・マッカートニーの都市伝説とは、ポールが1966年に死んで影武者と入れ替わったという説のことだ。これは以前からビートルズのファンジンなどに登場していた噂だが、1969年、アメリカの大学生が学生新聞に記した記事が発端でムーブメントとして拡大する。その記事の特徴は1968年のビートルズのアルバム『ホワイト・アルバム』に収録された「レボリューション9」を逆回転させると“turn me, ded man”と聞こえると「証拠」を掲げたのに端を発し、「証拠」を発見し意味付ける、つまり「空白」の発見と充塡を伴う熱狂にあるということだ。例えば、1969年のアルバム『アビイ・ロード』のジャケットでポールのみ裸足なのは死者を意味し、他の3人は葬列への参加を意味するといった説など、ビートルズのアルバムジャケットや歌詞に死亡説の証拠を見出すことをファンたちは競った。

このポールの都市伝説は、「証拠」をめぐるカルトという点で、現在の愛子内親王入れ替え説や、自死した俳優・三浦春馬をめぐる生存説や陰謀説を連想させもする。『バットマン』のARGによるキャンペーンが仕掛けられたものであり、都市伝説は自然発生的であるが、WuIはあからさまにARGの枠組みは都市伝説を生成させる仕組みと同じだと述べているわけである。

既に見たように、ポール・マッカートニー死亡説は当初ファンの一部の噂に留まっていた。しかし、「曲の逆回しの一節」という形で現実の上に「証拠」を提示したことで熱狂と化す。これは、「証拠」そのものより、証拠の見つけ方の提示とも言える。そして彼らは「証拠」を発見した瞬間、ポールの生きている世界から、ポールの死んでいるもう一つの世界（alternative reality）に移動するのである。それ以降は、彼らは「死亡説」といういわば「空白」を贖うため、alternative reality での「探求」を開始することになり、同じような人々の参加で代替現実こそが真実の世界になる。

Qアノンの信奉者もQの陰謀説を根拠付ける「証拠」をGoogleを駆使しつつ、オンライン上を探求し、alternative reality を補強し、共有する集団的な「現実」の書き換え運動としての特性は同じだ。

こういったＡＲＧの仕組みの説明は、ぼくや Wu1 が自らの議論に近づけるための任意の解釈をしているわけではない。ＡＲＧの作り手の自己定義である。

例えば、日本語でのＡＲＧ情報を集約するサイト「ＡＲＧ情報局」ではＡＲＧの特徴を「日常空間と物語空間が交差すること」と掲げ、その仕組みをこう記す。少し長いがそれはポール・マッカートニー死亡説やＱアノンシステムの正確な説明となっているのでそのまま引用する。

- 普段の生活をしているあなたの前に、ちょっとした「不思議」の穴が開いています。それは、動画サイトに上がった謎めいたムービーだったり、あるいは馴染みのサイトに掲載されたおかしな記事だったりするでしょう。
- その「不思議」にあなたが気づいて、検索してみたとします。その瞬間、あなたはゲームの参加者の一人となるのです。
- 広大なインターネット空間に隠された情報を少しずつ集め、組み立てていくと、裏に流れる大きな物語が見えてきます。

- やがて、物語の登場人物と交流を持つこともあるでしょう。キーアイテムを現実の街で捜すことだってあるかもしれません。大きな謎に、他の参加者と協力して立ち向かうこともあります。
- そして、そこで活躍するのは、コントローラで操作された主人公ではなく、あなた自身なのです！

（ARG情報局）

この書き方からして善意のゲーム開発者やプログラマーからなるこのサイトの記事の書き手は、ここで示されたのが「カルトの手法」であるということには無自覚だろう。書かれたのはおそらく、Qアノン以前と思われる。

しかし例えばもう一つの現実への入り口として、現実上の「不思議の穴」を掲げている点はマッカートニー死亡説がアルバム上の「おかしなところ」の発見であったり、Qアノンへの入り口として、その前史としてのピザゲートの情報（ワシントンDCのピザ店が民主党が行う人身売買や児童買春に関与するという書き込み）といった「不思議の穴」を見つけてしまうことで現実が陰謀説に満ちた世界に転じるゲームの導入は全く同じ仕掛けである。

そして、その証拠集めに奔走するうちに「裏に流れる大きな物語」（つまり「影の政府」の陰謀）に気づき、他の信奉者（仲間）と出会う。違うのは現実の上でのゲームに参加か、政治運動としてあるかである。これは日本に於けるネトウヨが陰謀説からなるalternative realityに没入する過程にも正確に当てはまる。つまり、ＡＲＧは陰謀史観と対になった政治参加の形式となりうるのである。

　このようにルーサー・ブリセットからＡＲＧに至る流れにいささかぼくが困惑するのは、「物語消費論」のもう一つの応用実験である、ルーシー・モノストーンを同時代的な事態として想起してしまうからだ。

　ぼくは『魍魎戦記ＭＡＤＡＲＡ』で、「空白」による「二次創作」の誘発を「物語消費論」の応用実験として行っている。同様に、その延長で、「空白」の受容理論的補填を利用した、alternative reality的なマーケティングを１９９６年に始まる『多重人格探偵サイコ』に於いて試みているからだ。

　これはルーシー・モノストーンという仮構の人物（**図3**）を作中に配置

図3　ルーシー・モノストーンへの言及場面

（大塚英志／田島昭宇『多重人格探偵サイコ』角川書店、1997年）

することで始まる。この作中人物は事件のキーパーソンでありながら名とイメージ、断片的なキャリアのみしか示されない。つまり「空白」である。作中人物がマーダー・ケース・ハンドブックのルーシー・モノストーン特集を読んでいるシーンが初出である。そしてぼくが、文庫本のあとがきで古い友人にルーシーのアルバムを返してくれと記したのが、現実から虚構への「窓」となるARG的な導入としての最初の仕掛けである。これは彼のレコードジャケットや評伝のペーパーバック（図4）を「捏造」し、報道写真の中に彼の姿を見つけ（図5）、音源をCDに「復元」し、ペーパーバックを実在を装う仮構の作者によって「翻訳」し（図6）、それらの関連商品を販売するというマーケティングの入り口だった。「資料」の発見と世界の alternative reality としての書き換えは自作自演であるからARG

図4　ルーシーの評伝ペーパーバック

（三木・モトユキ・エリクソン『ルーシー・モノストーンの真実』角川書店、2002年）

図5　ルーシーの報道写真

（三木・モトユキ・エリクソン『ルーシー・モノストーンの真実』角川書店、2002年）

というより、それを個人で演じた側面が強かった。「ルーシー」という名も、「オープンポップスター」として万人に開かれるというより、Wu Mingに近い使い方だった。そこには複数のライターやミュージシャンが参加し、同時に、虚構の評論家を幾人か配してそのうち一人は『中央公論』に現実に政治評論を執筆することで、『サイコ』について論じた東浩紀ら実在の評論家との虚実の境界を曖昧化する仕組みだった。

その時、捏造したルーシーの都市伝説は一時期オンライン上に流布し、二次創作的に加担するファンも現れた。最終的には現実のテレビ局の都市伝説番組にとり上げられそうになった。そしてファンは「ルーシー・モノストーン」という空白を贖うため、捏造されたルーシーのグッズを買うことになる。

これはルーサー・ブリセットとほぼ同時期のマーケティングの実践であるが、ブリセットのこともARGのこともぼくは知らなかった。あくまで「物語消費論」の偽史制作機械としての側面の援用であったことは言うまでもない。

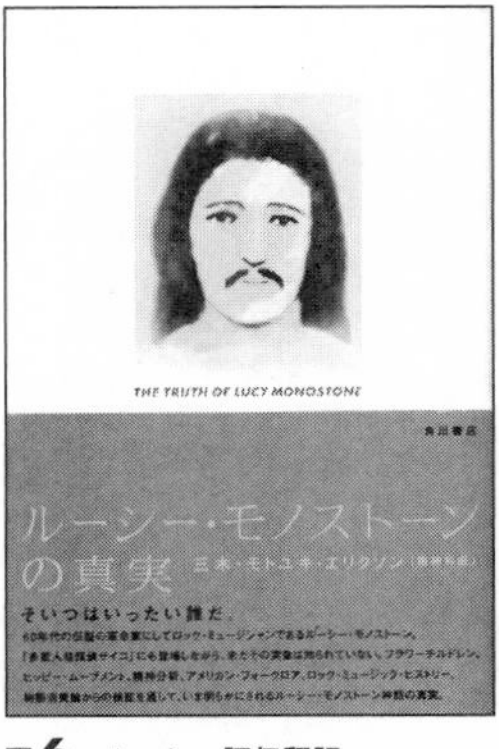

図6 ルーシー評伝翻訳

（三木・モトユキ・エリクソン『ルーシー・モノストーンの真実』角川書店、2002年）

このようにARG的な仕掛けの特徴は、リアルとフィクションの混同ではなく、もう一つの現実をつくり出す点にある。トランプの登場後、「ポストトゥルース」(Post truth) ということばが、真実の相対化がひどく安直になった政治空間を示す用語として流行したが、トランプ側は「もう一つの真実」(alternative facts) という言い方をしていることに注意すべきだ。トランプの大統領就任式に集まった群衆を「過去最大」と大統領顧問ケリーアン・コンウェイが自画自賛したのに対し、オバマ就任時の群衆の方がはるかに多い写真を示され、「もう一つの真実」の語を以て反論したのである。これはトランプ政権下に於いてフェイクニュースで自分たちの政治勢力の側に「もう一つの現実」をつくり出す、まさにARGの始まりとしての「不思議の穴」の役割さえ果たした。陰謀説も歴史修正主義もまさに「代替の歴史の用意」に他ならない。

だからこそ、『バットマン ビギンズ』キャンペーンやルーシー・モノストーンがマーケティングの手法でしかないのに対し、ルーサー・ブリセットや Wu Ming1 が手の込んだ「悪ふざけ」であったとしても、それは文学運動であった以上、かつては(あくまでも「かつて」である) 批評的側面があることへの注意が必要だ。

ルーサー・ブリセットの文学運動的な側面の一つは、やがて登場する『ダークナイト』

やルーシー・モノストーンを含むメディアや産業化したポストフォーディズム下の創作領域に於ける、制度そのものへの「告発」である。もう一つは、ポストモダニストとしてただ、現実を攪乱《かくらん》するだけでなく、彼らが告発しようとする制度を逆手にとって、肯定的な意味での「代替の歴史」を新たにつくろうとした点にある。

そもそも、ルーサー・ブリセットが思想的背景の一つとして指摘されるのは、マウリツィオ・ラザラートらの「無形労働」をめぐる問題提起（Maurizio, 1996）である。

その問題提起とは以下のようなものだ。

後期資本主義に於いては社会的な活動が潜在的な価値を生み出す労働となる。例えば、当時は存在しなかった「スマホ」に於けるデバイスを介した「消費」や、デバイスそのものの操作がビッグデータとしての価値を企業に産むといった例に出せば、ようやく「無形労働」問題は、現在では鮮明になったと言える。ブリセットの場合は、高度消費社会に於いては、例えばショッピングモールを歩いていて、たまたま映画に通行人として映り込むこと、ロゴ入りのショッピングバッグを持つことで広告に加担させられること、あるいは人々の日々の会話から生まれる「ことば」つまり流行語を広告コピーや商品名に転用させせることなど、消費生活そのもの、都市空間で日々、ふるまうこと自体が企業に奉仕する無償の労働であると主張するものだ。ルーサー・ブリセットが匿名かつ無数なのはそうやって見えない搾取をされる人々が匿名かつ無数だからである。

その意味でブリセットは新しい労働運動ということになる。別の章で述べるweb上のフリーレイバー（無償労働）としての「物語労働」が、まさに該当するが、ポストフォーディズム的なメディア環境やそれに最適化してしまったコミュニティの中で、半ば匿名化されたトランスメディア的な創作からなる集合知創作物はフリーレイバーに陥り易く、その所在と告発としてあるとも言える。つまり資本家に向けた無数にいるブリセットたちに適切な報酬を払っているか、という「問い」であり、「告発」である。

このような主張は「ルーサー・ブリセットの権利宣言」（1995）で鮮明になされ、その限りではブリセットはいわばフリーレイバーのアイコンであったと言える。

この点で出版社を介し、著者に利益が還元されるルーシー・モノストーンとは思想的に全く異なるのは言うまでもない。むしろQアノンの方がカルトであっても、北米に於けるとり残されたフォーディズム時代の工場労働者のための労働運動ではあった点で、まだ近い。

もう一点、ルーサー・ブリセットの「運動」に見られる特徴は「代替歴史」への肯定的な態度である。「オープンポップスター」運動の中にも都市伝説の捏造など「現実」へのハッキングの悪戯があったが、ブリセットがフォークヒーローや神話の創造という時にそれは、「代替現実」への明確な動機としてあった。それどころか、Wu Mingに於いてはそれより鮮明に「代替の歴史」を創造する運動としてある。

ブリセットの一人でありWu Ming1でもあるRoberto Buiはフォークヒーローが神話を創造する仕組みであることをこう述べている。

私は政治理論家でも社会科学者でもありません。私はストーリーテラーです。私はジャンルフィクションと大衆文化に関する常設ワークショップに所属しています。イタリアの社会運動に対する私たちのスタンスは、そこから生じています。神話創造とは、神話を構築する社会的プロセスであり、「虚偽の物語」を意味するのではなく、広大で多様なコミュニティによって語られ、共有され、再話され、操作される物語を意味します。儀式、つまり、私たちがしていることと他の人々が過去にしたこととの間の連続性の感覚です。伝統、ラテン語で「tradere」という動詞は単に「何かを伝える」という意味であり、偏狭さ、保守主義、または過去への強制的な敬意を伴うものではありませんでした。革命と急進的な運動は常に彼ら自身の神話を見つけて語ってきました。

しかし、彼らはしばしば彼ら自身の神話の鉄の檻に閉じ込められました。そして、彼らの伝統と儀式は疎外され、過去と現在の間の連続性は、提案される代わりに人々に仮託されたのです。

（Wu1, 2002）

ここで注意したのは、ブリセットが、フェイクの神話の捏造により硬直化した現実を攪乱するトリックスターやハッカーではなく、真の神話創造者として位置付けられている点だ。つまりブリセットはトリックスターでなく革命家なのである。

その本気の「神話創造」としてWu Mingが提示したのか、New Italian Epic（ＮＩＥ、新しいイタリアの叙事詩）である。説明が前後したが、小説『Ｑ』はそもそもこの「ＮＩＥ（新しいイタリアの叙事詩）」の一部を成す、とされる。「ＮＩＥ」とは具体的には１９９３年以降のイタリアで描かれた一群の小説の総称である。つまりＮＩＥは新しい「サーガ」の集合的創作だという考え方である。そういう新たな「代替歴史」の積極的な創造運動としてＮＩＥはある。

彼らが創ろうとする「歴史」はポストモダニズム論によって失われたとされた「大きな物語」の代替としての歴史である。それを同時代の作家が集合的に創造するのがＮＩＥである。

この時、注意していいのがＮＩＥの意味はその意味でポストモダニズムの寵児である彼らの「成熟」であるということだ。

ブリセットはジュゼッペ・ジェンナが小説『ＭＥＤＩＵＭ』で自身の父の死後、父がもう一つの現実を生きたことを想像＝創造したことに触発され、いわばその喪としてＮＩＥのイメージをつくった。それは、自分たちの同時代のイタリア文学の総体を「もう一つの歴史」の創造運動として積極的に定義するものだ。ハッカーとして現実を攪乱するものではなく、歴史を創造する責任を背負うものである。それ故、２００８年、ロンドンでのWu1のスピーチは「WE' RE GOING TO HAVE TO BE THE PARENTS」、つまり私たちは「親」にならなくてはいけないと題されていた。それは彼らのポストモダニズム的ハッカーから「成熟」への転換を示唆しているとも取れるものなのである。

Wu Ming1はＮＩＥについて以下の七つの特徴からなるとする。

1. 書くこととストーリーテリングへの倫理的な取り組み。つまり、言語とストーリーの癒しの力に対する深い信頼。
2. 政治的必要性の感覚――そして「政治的」の意味のより広い意味とより厳密な意味の、いずれかの選択。
3. 複雑な寓話的価値を持つ物語の選択。最初の選択は意図的なものではないかもしれないが、作者は物語を語らざるを得ないと感じ、後で彼が何を言おうとしていたかを理解するかもしれない。
4. 未来の喪失を先取りすること。未来を想像しうるように私たちの視線を強化するため、「代替の歴史」と「代替の現実」を志向する。
5. 書き記すことと言語の繊細な破壊。重要なのは言語実験そのものではないため繊細さが求められる。重要なのは、可能な限り最善の方法であると感じる方法でストーリーを伝えること。
6. 私たちが慣れ親しんだものとは異なるフィクションとノンフィクションをブレンドする方法(例えば、ハンター・S・トンプソンの「ゴンゾージャーナリズム」)、

「正体不明」を生み出す物語のオブジェクト。

7. インターネットを「共同体主義」で使用して、「読者と抱擁（ハグ）を共有する」。

（Wu1, 2008）

この中でストーリーテリングへの論理性や政治性、寓話性、言語のデリケートな破壊といった要素と並んで挙げられた「代替の歴史、代替の現実を志向」「フィクションとノンフィクションのブレンド」「オンライン上の共同体主義」の三点は特に重要である。中でも「代替の歴史」の前提にWu1は「未来の喪失」を掲げ、その正当性を主張する。つまりNIEはポストモダニストによる積極的な偽史運動だとさえ理解できる。これはぼくが指摘してきた、1970年代に於ける政治的闘争の敗者たちをめぐる議論と対比できるだろう。現実の上に歴史をつくることに失敗した彼らが仮想現実の世界に仮想の歴史をつくっていった結果として、彼らが関与した80年代のアニメ・まんが文学の類が現実の歴史の代償としての「大きな物語」を抱え込むに至った。そしてそれがオウム真理教に於ける麻原の語りや歴史修正主義になっていったとする議論を肯定的に反転させたもののように思える。

NIEはこの手法によって歴史的現実に対し異なる解決法を示す、と主張する。

しかし彼らの方法はあくまでハッカーとしてのそれである。フィクション／ノンフィクションの混在、つまりＵＮＯ（未確認物語オブジェクト）を「文学」外から不穏当に引用するゴンゾージャーナリズムをその手法の一つとして挙げるのは alternative reality への彼らのハッカー的志向と無縁ではないのだろう。

しかし、もう一点、この偽史捏造運動としてのＮＩＥで注意すべきは、読者を巻き込んだインターネット上の「共同体主義」である。ある種の民主主義ともいえる。これは偽史制作運動としてのＮＩＥが広義の参加型であることを性格付けている。

このＮＩＥの概念は２００８年、モントリオールのマッギル大学でのセミナーで Wu Ming から提示されたといわれる。この事実が興味深く重要なのは、このＮＩＥの討論がファン文化に於けるトランスメディアストーリーテリングの分析者であるヘンリー・ジェンキンズのディレクションで行われた点である。つまりＮＩＥとは単なる仮想サーガでなくファン参加によるトランスメディア的な枠組みとして、ヨーロッパの労働運動の文脈から、ハリウッドのファン文化論へと文脈の乗り換えがあった点、と言える。無論、ジェンキンズはファン参加の文化をオンライン上の新しい民主主義へと繋げるいい意味で楽天的な議論で知られる。しかしジェンキンズの参加型ファン文化論は「物語消費論」が二次創作者を動員するマーケティング理論であったように、労働運動に出自のあるＮＩＥとジェンキンズの接続はやはり「野合」なのである。

そこでは読者のコミュニティとトランスメディアの関係の肯定、具体的にはファンによるスピンオフに利用されることへの積極的容認が含まれる。それは言うまでもなく、一方では「Ｑアノン」、他方では日本の二次創作的なおたく文化の特徴である。ジェンキンズの下で議論がなされたから当然である一方で、日本のおたく文化が何故、北米の研究者から過大な評価を受けたかは、それが日本版のネオイズムや「ＮＩＥ」に見えたからだとようやくわかるはずだ。見えただけであることは、ゼロ年代以降のオタクの保守化ひとつを示せば答えは明らかである。

Wu Ming1の「Ｑアノン」論は、ジェンキンズのファン文化論やトランスメディア論によって整理される「ブリセット」や「ＮＩＥ」が、Ｑアノンと近似して同じフレームからなるということについて指摘はするが、それ以上の論評はない。「Ｑアノン」が「ＮＩＥ」の一部なのか、あるいは誤作動や敗北なのかを論評し得ない。

それは彼らの偽史創造運動の隘路《あいろ》がＱアノンだからではないか。それについては、ぼくもまたかつて「物語消費論」の最後をこう気軽に閉じた事実を思い起こさずにはいられない。

〈商品〉の送り手は、消費のシステムから排除され、自分たちの作り出した商品を管理できなくなってしまう。それゆえ〈物語消費〉の最終段階とは、〈商品〉を作ることと消費することが一体化してしまうという事態を指す。もはや生産者はいない。自らの手で商品を作り出し、自らの手で消費する無数の消費者だけがいる。

（大塚、1989a）

つまりここでぼくは「物語消費論」的な世界の到来における資本の消滅を無邪気に語っている。同時にここではぼくの議論からは統治者という概念が欠如していることが見てとれる。つまり、統治者としてのプラットフォーマーの登場を予見しえていないのだ。同様に、ブリセットは統治者なきプラットフォームであり、Wu Mingは「両親となる」という成熟を宣言しながら、NIEの統治者であることを回避している。つまり匿名の作者が浮遊するユートピアを夢見た時点でぼくもWu Mingも凡庸なポストモダニストとしてある。これはNIEにもいえ、Wu Mingの宣言によって導かれながらファンによるトランスメディアストーリーテリングを許す際、彼らは例えば『Q』をオンライン上のフリーコンテンツとした。日本に於けるアニメ・まんがの二次創作が暗黙のうちに企業の持つ「版権」に統治されているのとは正反対の理念であり、倫理的、政治的に正しく一つ一つの文学があろうとすることでNIEは統治なきゆるやかな「大きな物語」とイメージされている。

つまりNIEは「サーガの統治」という概念を不問にしている。ブリセットはそもそも資本からのコンテンツのフリーレイバーの解放に目的があったのだから、ブリセット全体の統治者はいないのは当然である。

NIEもまた同様であり、NIEは開かれた自由なプラットフォームとしての「大きな物語」をイメージした。

しかし、ファン活動を含め「参加型創造」は今やイメージされたプラットフォームでなく可視化され電子化された統治システムとしてのプラットフォームの管理下にある。ハリウッドでも日本でもそして中国でもトランスメディアストーリーテリングはプラットフォームによって統治され、日本ではファンの二次創作は「空白」を埋める消費として容認されるが、いずれ何らかの著作権法上の統治（JASRACのような統一的機構によるロイヤリティー徴収）がなされる可能性は否定できない。そうでなくても二次創作者は、二次創作というイリーガルなグレーゾーンを許容されていることで暗黙のうちに統治されている。ルーサー・ブリセットが糾弾しようとした「敵」は今やプラットフォーム企業としてその姿を現している。角川書店の出版社からプラットフォーマーとしてのKADOKAWAへの転換はファンコミュニティのフリーレイバーを含むトランスメディアストーリーテリングの統治をビジネスモデルとした点にある。その「素人」参加者の二次創作を含めて版権の名による統治は大政翼賛会にその原型が見出されるもので、この点については別の書を参照されたい（大塚、2018）。

一方、Qアノンや陰謀説はいくつかのプラットフォームが「サーガ」の集積場所及び「物語場」として機能しており、Qというアカウントで見かけ上、そしてトランプという現実の政治権力によって実態として思いの外、統治されている。北米のTwitter社はQアノンの暴走を煽ったトランプやその支持者のアカウントを停止したが、選挙後のトランプが行ったのは自らが統治者である新しいプラットフォームの発足であった点は象徴的である。日本のTwitter社が政権批判の著しいアカウントを凍結するなどしてweb上の世論を統制しているのではないかという疑念はしばしば言明されるところでもある。

NIEやWu Mingが夢見たのは「群としての作者」による創造的なサーガの創出であ

り、それによる一種の革命だろう。だが、それはぼくが以前から論じてきた、80年代のサブカルチャーに於けるサーガの拡張を現実の歴史を描くことからの逃避と評したことへの反証とはなり得ない。なるほど、ＮＩＥ的な仕掛けは健全に機能すれば、トランプや麻原は登場せず集合知としての新しい代替歴史が登場したのかもしれない。しかしそれにはＡＲＧの参加者に「社会」への責任を持たせることが前提で、彼らは残念ながらその「社会」からの離脱者の群れに他ならない。そこに出現しうる千年王国の性格は自ずと明らかであろう。

　ＮＩＥの制度上の不備は「物語消費論」と同様にオンライン以前の集合的な神話創造をイメージし、プラットフォームによる統治をオンライン以降も気軽に考えていた点にある。対して、トランプや麻原は「サーガ」そのものの統治を試みたのである。それは「サーガ」がプラットフォームの役割を果たすからだ。

　なるほど、本来プラットフォームとしての「世界」（サーガ）は誰のものでもない自然発生的な可視化できない集合知であった。一回性の物語はその都度つくられるが、消滅もし、参加者による「空白」を贖う「調査」も物理的に限りがある。しかし、今や「世界」は事実としてオンライン上のデータベースであり、そこには一回性のフラグメントやフラグメント以前のもの、様々なジャンクが投稿、引用、コメント、編集・改竄《かいざん》可能なものとして集積している。その中で私たちは私たちの能力によって「いいね」やRT（リツイート）やただ見るだけでも、「インプレッション」として参与することを含め「投稿」し、管理されたプリセットとして「世界」の更新に参与し、参画することでプラットフォームに進んで統治されているのである。

そうやって文化や歴史と人々の関わりやそれを生み出す仕組みそのものが今やプラットフォーム化し、それが「国家」として私たちの生活の細部を心地好くファシズム的に支配するのである。

後は私たちが旧《ふる》い「人間らしさ」、つまり「人権」を放擲《ほうてき》すればいいだけの話であり、しかしそこに「新しい人権」があるわけではない。私たちはもはやプラットフォームのデバイスに過ぎない識別子の集合なのである。

ルーサー・ブリセットはそのディストピアの予見であり、Qアノンはその「もう一つの現実」に於ける到来であったと言える。

ノート2 物語生成論

ぼくが「物語消費」の概念を「世界／趣向モデル」を用いて整理し直したのは、「世界定め」との類似を指摘した師である民俗学者・千葉徳爾《とくじ》の私的なアドバイスによってであった。そのことで浅学なまま安易に近世の歌舞伎や浄瑠璃から理論モデルを構想したことが、例えば「物語消費」に見られる二次創作的「協働」が日本文化の特質であるといった言説を成立させ、戦時下に於けるエイゼンシュテインがモンタージュ論を「日本文化」をモデルに説明したことでモンタージュ的＝日本的となった「創られた伝統」の奇妙な反復となったとすれば、それはぼくの責である。

しかしエイゼンシュテインがモンタージュをプリミティブな文化に普遍的に見られるという議論の中で「日本文化」に言及したように、「世界／趣向モデル」もまた文化生成のモデルとして最低限の普遍性を持つ。それは固有名を持つ作家と作品によって記述される文化史とは異なる、集合知的な作者による通時的共時的な再生産の中に文化史を見出す民俗学の立場を根拠付ける。

この時、「集合知的な作者」とは「群としての作者」と言い、その生成物のあり方を「読者文芸」と呼ぶ、いずれも柳田國男の提示した概念を踏まえる（柳田、１９４７）。

柳田の議論の前提は近代に於いても「作者と暗誦者」の地位はまだ至って「近い」こと

に置かれる。「暗誦者」とはこの場合、口頭の伝承者の意味である。こう柳田が自明の如く記すのは、講談速記本がそうであるように、寄席などの「暗誦者」による文芸が、速記による文字化で機械的に印刷され、著作権概念で規定される「作者」に転じていく過程をほぼリアルタイムで見ているからである。

「暗誦者」、つまり口承の物語芸能の担い手は、落語にせよ講談師にせよ固有名を有していた点で既に「作者」に近いが、柳田はこれらの「作者」の背後に「聴衆」の存在を置く。即ち「暗誦者／作者」は「聴衆がかねて期待するところの範囲から遠く離れまい」とする点でまず「聴衆」の関与を受ける。それは単純に聴衆の好みに合わせるというよりは、「語り」あるいは「話す」際の「場」に於ける聞き手の参与を示唆している。口承文芸に於ける「物語」が、語り手と聞き手と「物語素材」の三つからなる「場」に於いて生成することを、国文学では「場の物語」と言う。その関与の仕方は昔話研究に於いても聞き手は「ふふんのふん」（長野）と語り手の発話を促したり、つまらぬ話に対しては「さそへきでべそでんぐりべそがやった」（新潟）と囃《はや》し立てて終わらせたり、定型化した「合の手」による関与が指摘されている。

学生時代、昔話を調査した乏しい経験でも、聞き手である学生の属性や態度で一部が省略されるなど明らかに聞き手の見えない関与は実感できた。

更に「語り手」「聞き手」は世代交代するだけでなく、中世に於いてであれば、高貴な人物を取り巻く形で交互に発話する「めぐり物語」や、昔話に於いてであれば「棒」や火をつけた線香を回して尻取り等のゲームをし、答えに詰まると昔話を語る「棒渡し」「火回し」といった、誰でも発話者になる語り方が報告されている。いわゆる「百物語」はその変型である。

こういった「物語る場」に於ける物語生成は、中世の語りや昔話を語る囲炉裏端や木小屋だけでなく、旅芸人であれば路上でのパフォーマンスに於ける聴衆との関係性、あるいは寄席や高座、更には投稿サイトのプラットフォームに於ける投稿小説とコメントの関係など通時的に確認できる。いわゆるテクスト論では読み手の話だけで多様な「読み」があるが、文字化されたテキストは固定されているのに対して「物語る場」に於いては、生成される物語に聞き手が関与することで「場」の数だけテキストがある。これが「群としての作者」のあり方である。

こういった「物語場」に於ける送り手／受け手の関係性を整理するには、文化人類学者の川田順造が示した①モノローグ②ディアローグ③シンローグ④ポリローグという、アフリカの部族社会の口承文芸を分析するために提示したモデルがよく知られてきた。モノローグは語り手が一人で語り、聞き手の参画はない。ディアローグは対話、つまり一対一での語り手に聞き手が呼応する。一対多もこれに含めるべきだろう。シンローグは座の者が共同して発話するめぐり物語や百物語に近い。そしてポリローグとは市の喧噪のように発話が幾重にも重なっていくことで発話としての秩序をもはや持たない（川田、１９８２）。敢《あ》えて文字形式に例えれば、ニコニコ動画のコメントの群れの如きものが音声化された状態、といえる。

このように「受け手」の関与した文芸のあり方を柳田は「読者文芸」と呼んだ。その時、柳田は多くの近代的作者が「古い様式のあるものに約束させられようとした国の文学の連続性」から出ようとしない、即ち定められた枠組み内での「創作」を行い「前人の発明を拾い集めた書き物が著述」となると述べる。だから「文筆は単なる伝承の一方法に過ぎぬ」と言い切る。この議論の中で柳田は「講談師の著作性」、つまり、講談速記本に於ける「場の物語」から固有性を持った作者への移行について言及しており、「群としての作者」「読者文芸」という概念が国文学や民俗学が対象とする口承の物語だけでなく、近代にも持ち越し得る問題だということを示している。また「暗誦者」と「作者」のボーダーレスなあり方は文学テキストに於いても「異本」がつくられていく過程の理解にも敷延できよう。

近代に入ると「物語」の一領域が講談速記本から書き講談としての時代小説に移行したように、固有名を持った「作者」の創作とみなされ、近代的個人の固有性の発露とされる近代小説が創作の理念型となったことで、逆に「作者の死」や「読者論」といったポストモダン的な立論がなされる前提がつくられる。しかし「太平記」を例に後述するように「群としての作者」による「読者文芸」の繰り返しの生成は近代以降も継承しつつ、「固有名のある作者からなる歴史」が、文学史なり文化論の対象となっていく中で、例外的に「限界芸術論」(鶴見俊輔)や「キッチュ」(石子順造)といった考え方が匿名性の表現に注目したのを除くと、「読者文芸」は長くアカデミズムからは見失われる。

しかし、近代文学もまた「物語場」の上に成立した形式だった。明治期に於ける与謝野鉄幹の『明星』、田山花袋の『文章世界』をはじめ近代史、近代文学の誕生の「場」としての雑誌が「投稿空間」であり、「投稿」とそれが集い交遊する場というメディアとの関係性からなる文芸雑誌はプラットフォーム性を強く持っている。こういうプラットフォームとしての雑誌は、柳田が在野研究者による200字程度の短文投稿の雑誌を繰り返し試みたこと、戦時下に参加型ファシズムのツールとして推奨された「投稿」など、「群としての作者」と「投稿空間」は一貫して存在し、webに於ける投稿やプラットフォームに歴史的に接続する。こういったオンライン以前のプラットフォーム史は、いずれ、書かれてしかるべきものである。

このように「群としての作者」という概念の許《もと》では、「作者」と伝承者の差異は曖昧である。民俗学で言う「伝承」とは世代間で伝承が語り継がれることだけでなく、「場」の作用で語る度に「異本」をつくり出していく「更新」でもある。「受け手」は異本の作者になるだけでなく「場」に於いての参与では一回性の「場の物語」の生成に関与する。つまり「作者」は「物語」を再生産する無数無名の「作者」の一人であり、偶発的に固有名を持つに至った者が狭い意味での「作者」である。「物語消費論」は、そのような狭い意味の作者からなる文化史・文学史からの転換を改めて求めることにはなる。

その上で問題となるのは「読者文芸」の生成あるいは更新の仕掛けとしての「物語消費論」の文化史への接合である。「物語消費論」が「大きな物語」、つまり「サーガ」への参加型更新モデルであることは別の章で示したが、ここでは「物語」を含む「文化生成」モデルとして「世界／趣向モデル」を文化史的に検証する。

ちなみに本章では「物語」とは一回性のその都度生成されるテキストを言い、文字として固定されるか否かを問わない。つまりTRPGの1回分のプレイも一回性の「物語」と見なすものである。

「物語消費論」及び近世の歌舞伎に於ける「世界／趣向モデル」は物語生成の「場」として情報空間を仮定することから始まる。「物語消費論」の場合は「大きな物語」、つまり仮想化された歴史や地理等からなる諸要素であり、J・R・R・トールキンに始まるファンタジーやTRPGの「作者」が神話学や言語学、地理学、歴史学などのキャリアを持つように「人文知」に近いものである。対して歌舞伎に於ける物語生成のための情報空間は実は限定的であり、近世に成立した『世界綱目』によって可視化されている。

『世界綱目』では「世界」は4分類され、①歌舞妓時代狂言世界之部58世界②御家狂言之内敵討之部ならびに類7世界③歌舞妓世話狂言世界之部74世界④神祇之部3世界の計142世界からなる。そして各「世界」の記述は(1)キャラクターの名一覧(2)引書、即ちその「世界」が描かれる文献(3)その「世界」が使用された義太夫浄瑠璃の作品名からなる。

しかし、一方で、このような『世界綱目』に於ける「世界」は、近世の歌舞伎という大衆芸能に於ける「送り手」と「受け手」が共有する、「物語教養」あるいは「世界教養」と呼んでさしつかえないものであった。『世界綱目』の142世界は一方では文字化されている限りにおいては、「送り手」側に閉ざされた秘伝であった。しかし、同時に江戸歌舞伎の年中行事である「世界定め」、即ち顔見世興行の「世界」を定め、それを公表した時、観客が思い浮かべるイメージの総体、「集合知」が「世界」でもある。

明治の半ば頃まで市井の人々の間では「今度の世界はなんだい」「太閤記サ。二番目は八百屋お七だ」といった会話がなされたという証言が残る（津野、1976）。このように「世界」の語によって括《くく》られる「物語教養」は、日常化したコモンズであった。

こうして考えた時、近世の歌舞伎に於ける「世界」とは、キャラクターや過去の演目が辞書的に、あるいはデータベース的にあるというよりは、キャラクターの性格や属性、相互関係、大雑把なストーリー、いわゆる名場面や名台詞《ぜりふ》などからなり、「送り手」の側もそれを共有せねば、演出上の見せ場や集客力のある配役ができないわけである。そしてそのさらに背後には、当時の人々が共有するアカデミックではない歴史や民間伝承が基礎としてあったとも考えられる。

このような近世に於ける「世界」概念を理解するには戦後の日本社会に限定すればNHKの大河ドラマの毎年の題材を思い浮かべればいい。「幕末」や「明治維新」といった近代以降の時代や、後述する立川文庫に描かれたキャラクターとストーリーなどが新規の「世界」として物語教養化したが（言うまでもなく「世界」の「綱目」に次々と新規のものが加わる一方、衰退、忘却されるものもある）、例えば2020年度の大河ドラマ『麒麟がくる』が、明智光秀が主人公だとわかれば視聴者たちは本能寺の変を思い浮かべ、織田信長の最期の光景がどう描かれるのかと想像する。「歴史ファン」であればもっと細部の知識を「世界綱目」的に持つだろうが、一般の人々にももう少し漠たる「物語知」がある。歴代の大河ドラマの時代背景を見ていくと幕末を舞台に井伊直弼を軸とした第1作『花の生涯』（1963）から幕末をやはり扱い直弼は脇役となる第60作『青天を衝け』（2021）に至るまで、視聴者がキャラクターやそれに付随する挿話、すなわち「物語知」＝「世界」の共有が前提の作品群が並ぶ。例外的に「世界」の共有が希薄だったのが、幻の東京オリンピックを描く第58作『いだてん』（2019）であり、それは低視聴率に直接反映しているといえる。

こういった「物語」生成の素材となる集合知としての「世界」は、現在であればテレビドラマや映画で繰り返し創作される「シャーロック・ホームズ」などが代表的だし、アメコミの「スーパーマン」や「バットマン」も含め、世界規模で共有される「物語知」としての「世界」が多数ある。「アーサー王伝説」や「西遊記」など、東西の古典的「世界」も同様であろう。現在の歌舞伎が『ワンピース』や『風の谷のナウシカ』を演目とするのも、クールジャパン的便乗商法である一方で、大衆に周知された「世界」が今やまんがやアニメによって新たに創られ加わっている事態の反映ではある。

大河ドラマにせよ近世の歌舞伎にせよ、このような「世界」＝「物語知」の送り手／受け手間の共有があって、初めて、一作一作の歌舞伎（あるいは一舞台）、一年分のテレビドラマといった個別の「物語ソフト」の創作が可能になる。

この時、その「物語」生成のモデルとして示したのが「世界／趣向モデル」である。

かつてぼくはこのモデルを以下のように記した。

一つの〈世界〉を横切る一本の線が〈趣向〉であり、理論上は無数の〈物語〉が生成する。また同一の物語の形態であってもそれが成立する〈世界〉によっては全く異なる〈物語ソフト〉になる。

（大塚、1991）

即ち「太平記」の「世界」という「物語知」に対して、浅野内匠頭《たくみのかみ》刃傷事件を「趣向」とした「仮名手本忠臣蔵《かなでほんちゅうしんぐら》」、同じく由井正雪のクーデター未遂事件を「趣向」とする「太平記菊水之巻」の二つの「物語」が生成される。また「世界」を「小栗照手」に求めても、「仮名手本忠臣蔵」と同様の浅野内匠頭刃傷事件を「趣向」とすると「鬼鹿毛無佐志鐙《おにかげむさしあぶみ》」となる。そして「忠臣蔵」もやがて新たな「世界」となり「四谷怪談」はこの「世界」に設定される。

他方「趣向」は実在の事件だけでなく「太閤記」の「世界」に石川五右衛門を登場させるなど、新たなキャラクターの投入や毎年の「大河ドラマ」がそうであるようにキャラクターに焦点を当てるかなど様々に考えられるだろう。

こういった「世界」と「趣向」との関係については、入我亭我入《にゅうがていがにゅう》の名で刊行された演戯書である「戯財録《けざいろく》」(1801)の中にこうあるのがよく知られる。

竪筋横筋之事

一、大筋を立つるに、世界も仕古したる故、あり来りの世界にては、狂言に働きなし。筋を組みて立つる故、竪筋・横筋といふ。たとへば、太閤記の竪筋へ石川五右衛門を横筋に入れる。白拍子・公成・櫻子・桂子・毛谷村大助など皆横筋なり。竪筋は世界、横筋は趣向になる。竪は序なり、大切まで筋を合はせても動きなし。横は中程より持出しても働きとなりて狂言を新しく見せる、大事の眼目なり。

（入我亭、1801）

先の「世界」が「太閤記」、キャラクターとしての石川五右衛門の導入が「趣向」だという例はここから引用した。4文目に白拍子以下のキャラクター名が並ぶが、例えば白拍子は「道成寺物」の世界を白拍子花子が踊り尽くす「京鹿子娘道成寺」に於ける「趣向」を指すと思われ、これらは「趣向」の具体例と考えられる。しかし前提となる「世界」を共有しない今の私たちには、どうにもわかりにくい。

人形浄瑠璃の過去作品の名場面や、歌舞伎では特定の役者が人気を博した得意芸や場面のみを単独で再演することを「趣向取り」ということからも考えてみると、「趣向」は「キャラクター解釈」や「名場面」という意味を持つことがわかる。

ところで引用にあるように「戯財録」は「世界」を「竪筋」、「趣向」を「横筋」と呼ぶ。

これは唐突かもしれないが、ただちにロラン・バルトの「作者の死」をめぐる以下の一節を思い浮かべるだろう。

われわれは今や知っているが、テクストとは、一列に並んだ語から成り立ち、唯一のいわば神学的な意味（つまり、「作者＝神」の《メッセージ》ということになろう）を出現させるものではない。テクストとは多次元の空間であって、そこではさまざまなエクリチュールが、結びつき、異議をとなえあい、そのどれもが起源となることはない。テクストとは、無数にある文化の中心からやって来た引用の織物である。

（バルト、1979）

つまり無から有をつくり出す神としての「作者」はおらず、あるのは「引用の織物」だとする。しかし「言葉」からなる「文学テキスト」の比喩としては「引用の織物」は適切かもしれないが、今、私たちが問題とするのは「物語」という形式性を持つものである。「物語」の形式性とは、「物語知」の中の諸要素を「編集」する原理である。「戯財録」の最後の一文が「大切まで筋を合はせても動きなし」というのは、「筋合はせ」を複数の「世界」を混合する作劇法「綯《な》い交ぜ」を指すと考えると、この一文は「綯い交ぜ」の手法を用いても、エンディングまで変化が生じにくい、という意味と思われる。

この「綯い交ぜ」とは、例えば「仮名手本忠臣蔵」と「菅原伝授手習鑑《すがわらでんじゅてならいかがみ》」の2作を一幕ずつ交互に演じた例を言い、つまり「引用の織物」の素朴な形式だが、歌舞伎には「訳文《はめもの》」といって一つの作品のシークエンスを別の作品に採用する、やはり「引用」の手法もある。「大切《おおぎり》」とは最終幕最後の場面であるから「綯い交ぜ」の手法では、最後までストーリーに変化が生じないという意味ととれるわけだ。

対して「横」(筋)、つまり「趣向」は中盤以降に「作用」して「狂言を新しく見せる」という。

しかしこのような理解からすると「竪筋」が「世界」、「横筋」が「趣向」と言った時、「竪筋」はむしろ一つの「世界」に共通の安定的、あるいは既に形式化された展開に近い意味であることがわかる。

そのことを正確に示すのが「戯財録」に収録された「作者心得之事 五花十葉ノ伝」の図である(**図1**)。

図によれば「世界」は「景様」(ケイヤウ)、「頂上」(ヤマ)、「揺」(ユスリ)、「大曲」(ヲホクルワ)、「鎌入」(カマイレル)という五つ

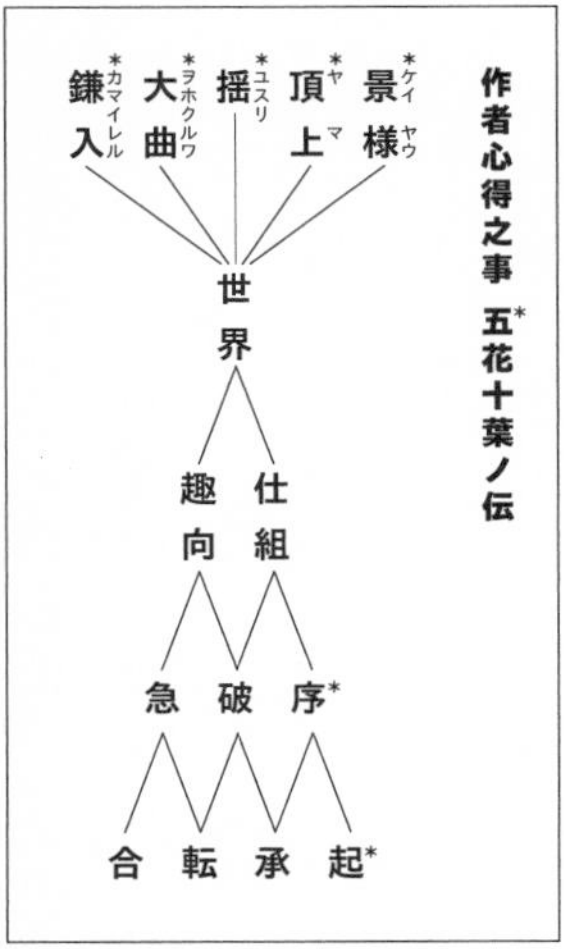

図1 「作者心得之事」入我亭我入『戯財録』
(守随憲治 校訂『舞曲扇林 戯財録 附 芝居秘伝集』岩波文庫、1943年)

の要素と結びつく。これは通常の歌舞伎に於ける物語の演出上の5段階である。

この5段階は作品の挿話を分節し、それを抽象化したキャラクターの行為（プロップで言う「機能」、アラン・ダンデスの言う「モチフェーム」）などの時系列的配列からなる物語の「形態」や、ユングの「元型」にも近い折口信夫の「物語要素」等を指すのではなく、物語の展開上のテンポ・緩急など受け手へのシナリオ上の作用を示すものだ。つまりハリウッド映画の「文法」に例えれば、キャンベル／ボグラーの「ヒーローズ・ジャーニー」の「物語の文法」ではなく、シナリオの演出上の作割を展開順にⅠリーズン、Ⅱセットアップ、Ⅲアドホックパラダイム、Ⅳサグ、Ⅴデットセンター、Ⅵダッシュアップ、Ⅶクライマックス、Ⅷニュービギニンズという八つのプロセスで捉える、8フェイジズの議論に近い。

物語の形式性について議論する上で「物語の構造」や「物語の文法」という場合、この二つを峻別しなくてはいけない。

「景様」以下は、あくまで演出上の緩急や受け手の感情のコントロール技術なのである。「景様」とは8フェイジズで言えばリーズン、つまり時代背景やシチュエーションの説明、「頂上」とは次第に台詞や挿話を重ねていき「揺」でストーリーラインが動き出し、「大曲」で大きな、あるいは意外な展開を迎え、「鎌入」、つまり伏線なども刈り入れていわゆる大団円を迎えるという展開であり、歌舞伎に於ける単一の「世界」の諸要素はこのようなリズムによって定型化されているとこの図は示している。これが狭い意味での「世界」であり、単体では動かないから「竪」の文字を当て「竪筋」としたと考えていいかもしれない。対して「世界」に対する「変数」が二つあることが図からうかがえる。それが「仕組」と「趣向」である。「仕組」に関しては物語の型通りの展開をいうという説もあるが、すると「世界」の通常の展開である「景様」以下五つのプロセスと同義にもなるので図としてはおかしい。

そうではなくて「仕組」とは「仕組狂言」などの語の使用例を踏まえれば、戯曲にない役者のアドリブや演出に近いニュアンスではないか。「荒事」など「事」と呼ばれる役者の芸の様式性を演出に組み込むことを「仕組」とする例もあり、どちらかと言えば役者の演技上・演出上の個性という不確定要素である。これに対し、キャラクター仕立てやキャラクターに付随する挿話に於ける工夫を「趣向」と呼んだと考える方がこの図の意味するところではないか。

つまり役者の個性に由来する「仕組」と、戯曲家によるシナリオ上のキャラクターに関わる新たな要素という二つの不確定要素が、「竪筋」としてそれだけでは変化しがたい「世界」を変化させるのである。そしてそれに序破急、起承転結という能及び漢詩の演出上の構成論の上で作用させる。これは「仕組」、つまり役者の演技に基づく変数は「序」や「起」から作用し、「趣向」はむしろ、結末に近づくにつれてその影響が大きくなっていく、という意味ではないのか。

「作者心得之事」は解説文が存在しないので、このように素人がつたない解釈をするしかないが、これはシナリオライターのキャラクターやエピソードを軸とする「趣向」と役者の演技による「仕組」の双方の導入で固定化した「世界」を動かし再構成する創作法ということになる。それが物語工学的に設計されている、と言える。

これは奔放にふるまおうとするプレイヤーに対し、ゲームルールが管理する、というあり方を考えると歌舞伎に於ける「世界／趣向モデル」はTRPGに相応に近いと言えるかもしれない。即ち、アドリブを踏まえ、ゲームマスターがストーリーの秩序を管理しつつ、参加者の新規のストーリー展開への期待に応え、想定した結末へと導くという、ゲームマスターとプレイヤーの問題が戯曲家の「趣向」と役者の「仕組」として対置できるわけである。

これを「読者文芸」に対応させれば、昔話の語り部と合の手を入れる聞き手の関係にも当てはめられる。そこには秩序を混乱させる個別の要素とそれを秩序立てる規範が存在する点で共通だ。

さて、これまでの「戯財録」に於ける議論を整理すると、そこには「世界」と呼ばれる「物語知」のコモンズがあり、それはそこから意図的に変異種、異本を発生させるのが、「趣向」というシナリオ・キャラクター上の変数と、「仕組」と呼ばれる演技上の攪乱であり、それを再度秩序化する規則が必要とされているとわかる。

こういった議論を、マリー＝ロール・ライアンが提示したＡＩによる物語生成に於いてそのプログラムの前提として仮定した以下の議論と対比してみる。

プログラムの知識に不可欠なもうひとつの成分は、筋の形に制限を課すジャンル慣習の集合体である。おとぎ話というジャンルにとってこの種の慣習は《ハッピーエンドであるべし》《善行は報われるべし》《悪行は罰せられるべし》といったものだろう。ジャンル用データベースはＴＡＷ*の《もの》の目録（魔女は登場人物として使用できるか）や物理法則（ものがなにかべつのものに変じられることが可能か）を特定したりもするはずだ。

プログラムには命題型の知識だけでなく、解釈能力も必要になる。具体的事象があるばあい、感情移入される登場人物にとってその帰結が肯定的なものか否定的なものかを、プログラムは言うことができなければならない。また具体的事象を報復・約束・罰などの抽象的機能概念に結びつけたり、具体的モティーフが所与の物語機能をどの程度充たせるか評価したりすることもできなければならない。

（ライアン、2006）

＊TAW　textual actual world、テキスト内の「実際の世界」。

マリー＝ロール・ライアンの言うジャンル用データベースとしての「ジャンル慣習の集合体」が、「戯財録」の言う「世界」に相当する。物語はそれを統合していく「筋の統合形象化」による規則に則《のっと》ってつくられるとする。つまりライアンの提示した物語生成モデルは「世界」からの「趣向」抜きの再生産モデルに留まることがわかる。「趣向」「仕組」という固定化した「世界」を一度、崩し再び秩序立てるという手順をライアンの議論は含まない。

「物語消費論」は作者の名としての固有性を懐疑するが、一つ一つの「物語」の生成に於ける偏差（それが誤記や物語構造の誤作動であることも含め）自体は作品の固有性として評価する。つまり東浩紀の「データベース消費」モデルでキャラクターを要素の任意の組み合わせで生成した場合、そこには最低限のオリジナリティはあり得るかという議論にもなる。

ぼくは「ある」と考える。

村上隆がかつて、自らの「オリジナル」と主張する「DOB」の著作権を侵害されたとして衣料品メーカーを訴えた件でそれは証明できる。裁判所は「DOB」を構成するパーツに似たパーツ（村上の使ったパーツはディズニーから手塚に至るまんが界が共有してきたコモンズであり、その点が村上の悪質である点だ）と同一のパーツの組み合わせでありながら、一点だけに著作権の侵害の認定をしなかった。つまり、衣料品メーカーのオリジナリティを認めた。このように不確定要素を伴うその都度の再生産に於いて村上隆が「オリジナリティ」と呼ぼうとしたものは、その作者の有名性と関わりなく発生するものだ。それは二次創作やアダプテーションが「傑作」を産み出すことと少しも矛盾しない。

現状のAIを含む物語生成のプログラミングが、このような規則を破壊した上で再び新たな階層の規則に収斂することが可能か否かをぼくは知らない。しかし、ぼくがつくった初歩的なボットは、単語をアラン・ダンデスの北米ネイティブアメリカンの神話の構造に従ってテンプレ化し、ランダムにサンプリングし文章化することで、結果論的に異化作用が偶発的に生じ、そこに受け手が「おもしろさ」を感じとるという事例は確認できる。

あるいは、猫耳キャラクターを「人間の耳を猫の耳に置換する」と定義し、一方に猫、犬、馬、コウモリ、ワニetcといった様々な人間以外の生物の行列、他方に耳、目、口、鼻、手、足、背、尻などと身体のパーツの行列を用意し、双方の集合間で可能な組み合わせを考えると、それぞれ八つの要素の行列としても64のキャラクターのバリエーションがあり得る。人間の作者がこれを任意に行うと数種類しか実はキャラクター化しておらず、これを乱数などで選択組み合わせれば無作為に想像力の外にあったキャラクターが提案できる。こういった機械性が「創意」を結果的に導き出すとぼくは考える。

再び「世界／趣向モデル」に戻ると、同一の物語を反復的に再生産するだけではなく、揺るがせ、そして、再び秩序立てる。つまり更新していく。そして更新された物語の新たな「趣向」は「世界」の一部となり「世界」を更新していく。

このような物語生成の場としての「世界」は『世界綱目』が142世界を近世の時点で記録しているように大量に存在する。まんが・アニメの周辺に限ってもシリーズ展開やメディアミックスなどで一つの「世界」から複数のコンテンツが生成したり、二次創作の対象となっている作品の場合、それらは全て現代の「世界綱目」に加えられてしかるべきものである。

しかし、この「世界」は単に「物語世界」として閉じられない。つまり近世に於いてリアルタイムで政治的事件が「趣向」となったように、現在のまんが・アニメファンがいかに非政治的であろうとしても現実の政治や社会システム、そして様々な「知」がその周辺に漂っている。web用語や陰謀論といった「フォークロア」もここに含まれる。このように巨大な「集合知」の中に「物語知」としてのそれぞれの「世界」が漂い、呼吸するように「集合知」から情報の断片をとり入れ、それは一回性の作者の「趣向」の材料ともなる。こういった「物語知」は時には新たに生まれ、あるいは消滅し、また2つ以上が統合することもある。

今、私たちが情報空間と呼ぶものはこのような形をしているはずだ。

そしてその一つ一つの「物語世界」、あるいは「物語場」に於いて共時的通時的に繰り返しの生成が継続している。それが共時的、つまり同時代に極端に広がれば「メディアミックス」「トランスメディアストーリーテリング」や「二次創作」となり、通時的に継続されれば「伝承」や歌舞伎や落語といった近代にハイカルチャー化した芸能に於いては「伝統」

の継承となる。

このような通時的共時的な再生産を文化の生成モデルとしての「世界」と「趣向」を理解するために「太平記」の「世界」を例に改めて概観しておく。

14世紀に於ける政治的動乱を描く「太平記」は歴史書の性格が強い軍記物語である。一方で歌舞伎や浄瑠璃に「世界」として広く用いられる。「太平記」は、口承の物語の管理者の手にあったものが「書物」形式として成立するが、再び物語僧などによって口頭化する。通時的な物語の更新とは「口承」と「文学」を往還することを少しも厭わない。「太平記」は、やがて近世に入ると民間の「太平記読み」などの手を経て「講談」という寄席での演芸となり、近代に入ると講談速記本から時代小説、時代劇映画へと移行していく。同時に明治国家の国民教育のツールとして教科書にも採用され、「皇国史観」にも影響を与えるのである。まず、その通史をこのようにまとめることができる。

Wikipediaレベルではあるが、専門外なので百科事典の類などもあれこれコピペもしつつ「引用の織物」として以下にもう少し詳細に記述する。

「太平記」は後醍醐天皇即位から鎌倉幕府の滅亡、南北朝の分裂、足利二代将軍義詮《よしあきら》の死後、細川頼之が管領に任ぜられるまでを描く軍記物語である。主たる視点は南朝側にある。法勝寺の僧侶・恵鎮《えちん》が14世紀半ば、三十余巻の『太平記』を足利尊氏を補佐した直義《ただよし》の許に持参、天台宗学僧・玄恵《げんえ》がこれを読んだと今川了俊の『難太平記』には記されている。そもそも『難太平記』は将軍足利義満によって不遇となった今川家から書かれた一種の歴史修正書である。それ故、「太平記」成立過程の記述がある。

当初『太平記』は後醍醐天皇崩御辺りまでを描くものだったが、修正、削除、加筆が行われ、しかしその成立には最終的に複数の人物が関わったとされ、編集や改訂が行われる（山下宏明「太平記」（『日本大百科全書』他）。

「作者」の中には物語僧である小島法師の名もある。小島法師は「卑賤」の出身とされ、比叡山に関係する散所法師である物語僧・児島高徳《たかのり》と同一人物説もある。このようにその成立には口頭の語り手も関与したと考えられる。

とはいえ、『太平記』の文字テキストの成立に於いて「作者」は特定できず、下級僧侶も含む複数の作者によって時間を追って更新され、14世紀後半に40巻からなる軍記物語として完成をみると考えるのが妥当だ。その文字テキストとしての『太平記』は、写本によって異本がいくつもつくられるが、例えば天正6（1578）年に書き写したとされる『野完本』

では後日談が加わり、登場人物のセリフのやりとりなどの表現が豊かになるなどの「更新」が見られるとされる。『太平記』1巻めの写本の袋綴じ部分を切り離した内側に比叡山延暦寺の僧侶と稚児の悲哀を描くBL小説『秋夜長《あきのよなが》物語』（永和元～3〔1375～1377〕）が描かれる古写本もある。

しかし、文字テキストとしての『太平記』の特徴は、再び口頭の世界に戻ったことにある。「太平記」はその成立にも関与したといわれる物語僧の手に再び渡るのである。軍記などの物語を語る僧形の語り部である物語僧の活動は、15世紀頃から記録に確認でき、小島法師がそうであったように、多くは賤民視された異形の僧であった。

同じ軍記物語である『平家物語』が琵琶法師によって担われたのに対して、『太平記』は物語僧である。そのことから『平家物語』が盲目の琵琶法師に「暗誦」されたのに対して『太平記』は読み上げるのが特徴とされるが、中世の「物語僧」は「太平記」も暗誦したと考えられる。無論、それは一字一句違《たが》わぬものの反復ではなく、語りの度に発生する「物語場」に於ける受け手の相互作用的なその都度の生成であったのであろう。

物語僧はいわゆる戦国時代に入ると、大名の「御伽衆《おとぎしゅう》」として『太平記』を「読む」者が登場する。このような物語僧としては、徳川家康に『源平盛衰記』や『太平記』を読み上げた赤松法印が知られ、講談の祖などと呼ばれもする。近世に入るとそれが「太平記読み」として職業化・芸能化する。

『太平記』の場合、武士らの教養書の側面もあったため、「物語る」のでなく「講釈」と呼ばれた。17世紀初頭、「太平記」の解説書『太平記之秘《ひ》伝理《でんり》書《しょ》』などの「講釈」が武家の間で流行する。こういった「解説書」、今で言う「謎本」の流行が「太平記読み」を職業化したのである。

17世紀後半には、「太平記読み」は、民間に広がり、盛り場の辻立ちや神社境内で口演する「町講釈」が生まれ、やがてよしず張りの小屋を構える「釈場」として常設化する。

こうして近世の大衆芸能としての「太平記読み」が広がる。「釈場」は落語の「寄席」に拮抗する数となり、棒読みに近い講釈が声音を使い分け身ぶり手ぶりを加えるなど芸能化して「講談」ともなるわけだ。

「太平記」は「講談」に於いても重要な演目だったが、既に見たように人形浄瑠璃や歌舞伎の演目にも採用される。『世界綱目』によって「世界」の一つとして認知されるが、「物語知」としての「太平記」はこのような口演と文字テキストの往復の中で更新され続け大衆化することでより「世界」化していったと言える。

その「太平記」の「世界」としての支持のされ方は近世に於いて「太平記」という「世界」から生成したのは歌舞伎だけではないことからも理解できる。

よく知られるのが歌川国芳の武者絵「太平記英雄伝」である。19世紀初頭の「太閤記」の武者絵ブームが起き、幕府が信長・秀吉への支持が集まるのを嫌い、織豊政権時代以降を題材とした武者絵を禁じたのである。これに対して『太閤記』の登場人物を「太平記」の「世界」に見立てた「偽名絵」として出版したのが「太平記英雄伝」のシリーズである。歌舞伎と同様に「世界」としての「太平記」の汎用性がわかるだろう。

近代に入ると既に触れたように「講談速記本」の出現で「太平記」は口演から文芸テキストとして書籍・雑誌・新聞へと移行し、更に口演を下敷きとしない「書き講談」が生まれる。講談速記本と政治講演の速記出版を手がけた出版社は大日本雄弁会講談社と名乗り、雑誌『講談倶楽部』を刊行する。書き講談の立川文庫も誕生し、「太平記」だけでなく近世の「世界」は近代メディアに移行し、新しい「世界」となる。

このような近代に於ける「太平記」については、全く顧みられていない共著『日本大衆文化史』（日文研、2020）の中から、ぼくの執筆部分である以下をコピペしておく。重要なのは近代に形成された「大きな物語」と「太平記」の関係である。

明治維新の直後、講談を含む大衆文化は、近代化と明治国家を根拠づける「大きな物語」への合流が求められた。そのなかで『太平記』的な歴史語りはむしろしたたかに生き延びる。

明治政府の教部省が神官たちに通知した「三条の教憲」（1872〔明治5年〕）では、寄席芸や一切の歌舞音曲までもが政府による統治の対象とされた。そのため、宗教家だけでなく大衆文化の担い手たちも、明治政府の教化政策へ参加することが求められる。彼らの代表は教部省に呼び出され、「由来書」、つまり自分たちの分野の来歴をまとめて提出をした。

たとえば、同年7月に講釈師の太琉《たいりゅう》は『太平記』を講談の起源と定義し、近世における堕落を自己批判しつつ、これからは「西欧歴史」を参照し、「今古勤王諸将の伝」「忠孝物語」を語る本来の姿に戻る、と教部省に建白している。明治政府がこれから啓蒙する「歴史」に講談を合わせる、と恭順したのである。

そして教部省内には「皇道」にもとづく教化を担う教導職が設けられ、俳諧師、講釈師、落語家らも任命される。明治政府は当初、歴史語りの要員としてこれらの大衆芸能の担い手を利用した。「新聞伯圓《はくえん》」と呼ばれた講釈師である2代目松林伯圓《しょうりん》は、「忠臣孝子列伝」に加えて新聞の社会面・政治面から教材をとり、釈台替わりにテーブルと椅子を寄席に持ち込み、講談の「近代化」を試みた。

では彼らが合流を求められた「大きな物語」とは、そもそもどのようにつくられたのか。

1869(明治2)年、新政府は「修史の詔」を発して、史料『日本書紀』から『日本三代実録』に至る「六国史《りっこくし》」と接続するための「正史」編纂事業を開始した。「六国史」に継ぐということは、同じ書式、つまり漢文体による通史を意味する。

その事業を担う官立の国史編纂機関は短期間で改組を繰り返したのち、1877(明治10)年には太政官修史館が設置された。この時、近世に徳川光圀《みつくに》によって編纂が開始された『大日本史』を準勅撰史書と定めた。同書は近世には「国史」とも呼ばれ、神武天皇即位から南北朝の統一までを記述したものだ。これを機に、編纂対象は南北朝以降となった。つまり、武家政治から天皇執政を奪回した後醍醐天皇の即位(いわゆる「建武の中興」)を明治維新になぞらえ、そこから新たに書き始められる皇国史観である。この「建武の中興」において天皇側で行動した楠正成は、近世においてすでに「太平記」の「世界」の主要キャラクターとなっていたが、明治以降は「忠臣」イメージを表象する人物として、教科書や大衆文芸に繰り返し描かれることになる。

そもそも『大日本史』の南北朝記述は主として『太平記』一書に基づいていて、それをふまえて構築される皇国史観は、ある部分で「太平記」史観を近代へ持ち越しすることを意味した。

他方、アカデミズムにおいては、1887（明治20）年、帝国文科大学に西洋史を軸とする「史学科」が設置され、続いて1889（明治22）年に「国史」学科が増設されて、「正史」編纂事業は帝国大学に移管される。

それに対して、歴史学の「改良運動」を進める久米邦武《くめくにたけ》の論文「太平記は史学に益なし」（1891〔明治24〕年、『史学会雑誌』に連載）に代表されるように、「太平記」の物語性は、近代の歴史学のリアリズムからは批判の対象となった。

歴史における物語性とリアリズムの対立という文脈を理解するうえで注意しておきたいのは、あるべき歴史記述とは「事実」を「実際の通りに記したる」ことだと久米が論じたことである。これは、文学改良運動における「写生文」などの自然主義的なリアリズムの枠のなかに、史学改良運動があったことを示している。

長谷川天渓《てんけい》は自然主義についてキャッチーな言い回しを残す文学者だが、彼は近代以前の権威を幻想とし、それが消滅した近代を「幻滅時代」とした。そして、たとえば日露戦争の従軍記の記述で『三国志』『太平記』の字句・形容・比喩を借用した文章であると批判した。「太平記」はその歴史認識だけでなく、戦争という歴史を記述する「文体」そのものに「語り」の様式を侵入せしめた悪しき例としてあげられている。

しかしそれにもかかわらず、「太平記」に準拠する「南北朝史観」やそこで描かれる忠臣というキャラクターたちは、学校教育における国定教科書の「歴史」のなかで語られることになる。いわゆる皇国史観が形成され「正史」となっていく。

そもそも、近世における「仮名手本忠臣蔵」や「太平記菊水之巻」といった歌舞伎は、リアルタイムで起きた浅野内匠頭刃傷事件（1701［元禄14］年）や由井正雪の乱（1651［慶安4］年）の政治的事件を、「太平記」の「世界」のなかのキャラクターや時代を借用することで上演された。このように、近世の歴史語りにおいて「太平記」は歴史的出来事の解釈の枠組としてあった。それは明治以降の「歴史」語りにおいても、根本は変わっていない。だとすれば、近世、及び近代の皇国史観を含む物語としての歴史は、大衆文化史の視点からは、「太平記」がもたらした物語的枠組、すなわち「太平記」の「世界」に対する「趣向」とみることさえ、可能である。「歴史」と物語、あるいは歴史のリアリズムと物語作者の想像力はアカデミズムが目論むようには未だ分断できていないのである。

このように「太平記」という「世界」の形成と推移を「通史」として概観した時、「世界」そのものが文字と口頭を往復し、有名無名問わず「群としての作者」によって、通時的共時的に生成していく具体的な様相が見てとれるだろう。しかもその「世界」から派生する「物語」は皇国史観的な「正史」にまで及ぶという事実である。

つまり「物語知」は狭い意味でのコンテンツ生成の場でなく「歴史」さえも「趣向」として生成可能だということである。そのことは別の章で述べた「サーガ」の問題とも関わってくる。

1990年代に始まるマルクス主義的な歴史教科書批判が、しかし、マルクス主義に代わる歴史観を見出せず司馬遼太郎的な「物語」を史観に「代替」するしかなかったことは、当事者らが言及するところだ。近年に於いても「一般向け通史」がエンターテインメントの小説家、つまり「物語作者」によって担われる例が極めて多いことは「歴史」が大衆文化と同様の「世界」に対する「趣向」化として現にある証左だといえる。

それは「物語知」が、常に歴史を含む「現実」の解釈の「教養」となっているからである。それが「太平記」であった時代が、近代に入っても「戦前」まで続き、現在では、場合によっては、まんが・アニメ・ゲームの類に取って代わってさえいる。

だから、かつて川上量生《のぶお》が「教養」の現在形について、「ネットを見ていると、みんなが本当に知っていて、共通言語としてひねったことを言う時に使われているのは、『ドラゴンボール』とか『北斗の拳』『ハンターハンター』、つまり『ジャンプ』ですよ」（川上、2015）と嘯いたことは現状認識としては間違っていなかったのである。川上は2015年4月15日、欧州中央銀行の会見でドラギ総裁に女性が紙吹雪のようなものを投げつける事件が起きた時、この瞬間を切り取った、妙に躍動感のある写真が「女性の南斗水鳥拳にドラギ総裁が気功砲で応戦した」と2ちゃんねるで「北斗の拳」の技に似ていると書き込まれたことを例に、『ジャンプ』的な「知」が世の中の出来事の「解釈」の共通の枠組み（「教養」）になっていると指摘したのだ。

このように「物語」、あるいは幾許《いくばく》かの検討は必要としても、敷延して「文化」そのものは、常に「更新」され続ける「動態」としてあると考えていい。無論「更新」の中には「劣化」もある。また「衰退」や「切断」はしばしば見られ、本稿は文化の連続性を主張するのではなく、通時的共時的の双方向に同一の原理で文化は再生産されうることを指摘するものである。

最後に改めて、このような「群としての作者」の属性について今少し、考えてみたい。「群としての作者」論に於いては有名・無名の職業的作者、つまり芸能者や画工らも包摂する。名の有無は問題ではないのだ。一方では非職業的作者が歴然と存在する。家やムラに於ける昔話の担い手などはその一例だろう。

そして近代に於ける文化の担い手は非職業的な「作者」の「群れ」である、と理解し直す必要がある。近世の都市空間に誕生した庶民の間に「趣味」としての作者が近代メディアの領域で拡大していくのである。それは１９２０年代に登場することになる「大衆」のもう一つの顔である。

近代メディアとしての雑誌が「投稿空間」であったことは繰り返さないが、講談速記本が近世から持ち越した「世界」から再生産される一方、「近代文学」は投稿空間としての文芸雑誌で言文一致体の言及とともに「創作するアマチュア」によって担われる。夏目漱石は「素人と黒人」(1914)の中でアマチュアの創作者が制度化した玄人の表現を更新していくことを指摘したが、近代文学だけでなく近代メディアと結びついた絵画、写真、映画といった表現は「素人」に開かれ多くの入門書が書かれる。こういった「創作するアマチュア」は大正期にあっては近代的な「市民」の理念型であった。

しかし一方では大量伝達手段としての近代メディアはその巨大な担い手を可視化させる。それは1920年代の映画に於ける「群衆」の表現と結びつけ論じられる。「群衆」は一方では社会主義革命や大正デモクラシーといったアマチュアの政治参加として、他方ではフォーディズムがもたらす「市場」としての双方が可視化したイメージであることは言うまでもない。

しかし近代的市民の理念型としての「創作するアマチュア」「投稿するアマチュア」「参加するアマチュア」は「群としての作者」であるとともに「動員」の対象でもある。即ち大量生産品の消費者であり、そして、政治的動員の対象としてもある。

こういった「動員の対象」としての「アマチュア」の再確認が、関東大震災に於ける朝鮮民族などのマイノリティ殺害への「市民参加」であった。彼らは「流言」を自ら語り直していくことで世界をQアノン的にalternative realityとしてつくり替えてしまったのである。

1920年代末から30年代初頭は、広告の近代化・理論化が急速になされる一方で、社会主義運動を中心に「宣伝」による大衆動員が急速に進む。柳田はこの時期、普通選挙法が施行されながらムラの利権構造の中で流され自分の意思で投票できない有権者に皮肉を込めて「選挙群」と呼んだが、「群」は柳田の中で一方ではこのような負の側面を持つことがわかる。

この後、総動員体制、近衛新体制と続く中で「動員」のキーとなるのが「素人」である。「投稿」による標語や国民歌謡の募集は、それらを扱う投稿専門誌が存在するほどであったが、近衛新体制に於いて多出するのが「素人」の語であり、これは表現によって翼賛体制に参加する「素人」の意味である。市民参加の演劇としてあった「素人演劇」の「素人」のワードが、翼賛会文化部のトップに岸田国士《くにお》が就任したことで「素人」表現者の動員による参加型ファシズムとして具体化するのである。人形劇を含む素人演劇のマニュアルが翼賛会から刊行され、軍や翼賛会などは新聞社や映画会社と組み標語、国民歌謡、映画シナリオなど動員のツールを「素人」に向けて公募し、読者の二次創作を翼賛会が版権を持つ「物語世界」の提供で促す「翼賛一家」は、戦時下の少年・手塚治虫による二次創作がノートに残る（大塚、2018）。

その中で「通史」さえ「公募」によって選定された。

戦時下に於いては多メディア間の連続、今で言うメディアミックス的な宣伝が行われ、メディアのもたらす言語空間が一つの「物語場」として機能し、文学者の詩や小説、映画などもそこでトランスメディアストーリーテリングとしてつくられる（大塚、2018）。

無論、語の選択として、「アマチュア」から「素人」への劇的な転換があったわけではない。

しかし「参加する素人」の動員の手法は、敗戦後の占領政策にも活用される。占領下のラジオは参加型番組が人気を集めることになる。テレビも同様である。素人参加の歌合戦は占領下に生まれる。そもそもテレビの構想は1930年代には明確にあり、ベルリンオリンピックでお披露目され、その後追いとしての1940年の幻の東京五輪に於いて実用化される計画だった。そのテレビの初期イメージは視聴者との双方向性にあり、今のwebに近い参加型だった（日文研、2020）。

そこから「今」に至る歴史は、各自が自力で確認すればいい。重要なのは私たちは、「投稿による参加」と「プラットフォーム」が大袈裟に言えば人類史で初めて万人に開放された現在を生きている、という点だ。Twitterの140字の投稿だけでなくRT、♡のクリックのみでも、いや、ただ閲覧し「アクティビティ」として痕跡を残すことさえ、「群としての作者」の一部を構成し、それが「民意」となる。あるいはぼくたちのweb上の「ふるまい」は指先一つで人を殺し得る「凶器」となることも眼前の事実としてある。

その時、私たちは「群としての作者」として、いかなるプラットフォームや「物語知」によって表現し、そして、させられているのか、その自己確認が問われているのである。

その内省のスキームとしてかろうじて「物語消費論」の現在的意味が残されている。

ノート3
物語労働論

2012年10月に始まり13年12月に『黒子のバスケ』脅迫事件の容疑者として逮捕された渡邊博史の「手記」については別の場所で詳細に論じた（大塚、2015、2016a）ので繰り返さないが、「今」に於けるひどく自覚されにくい「労働問題」がそこにはかろうじて言語化されていることが、何より興味深かった。彼の「手記」（というよりは「批評」）から読みとれるのは、オタク産業周辺に成立したメディアミックスというエコシステムに於ける「疎外」の問題を図らずも言い当てていることだ。加えて記すなら2019年7月の京都アニメーション放火事件に於ける青葉真司が言語化し得ていない憤りにも同種の「疎外」が見てとれる。このような「疎外」を言語化するには、webに於ける「新しい労働問題」の立論が必要で、そのことを整理しておく。

かつて評論めいたエッセイを書き飛ばしていた若い時のぼくの関心事は「文学」や「まんが」といった表現に、「消費」や「経済」の概念を持ち込むことだった。弁明するつもりはないが、そのこと自体は、80年代の消費社会論のありふれた文脈の中にある。「物語消費論」はその代表と言える。

80年代消費社会は、来るべき新自由主義経済の助走期間であった。ようやくそれが「文学」の人々にも多少は実感できるようになった時期に書いた「不良債権としての『文学』」

（大塚、2002）は、文学に於ける新自由主義の到来を推奨するものとして受けとめられた（その到来を「警告」するということが、ぼくの意図としてはあったが、今となってはどうでもいい）。しかし、興味深いことに、実際に「文学」を呑み込んだ新自由主義経済は文芸誌の廃刊でなく、むしろ文学の「中身」に及んだ。ぼくがあの時、何かを告げ損なったとしたら「経済」が「文化」に与える身も蓋もない力学が、「文学」など容易に変えてしまうだろうという予感である。現在の「文学」が村上春樹から百田尚樹まで（この二人はネオリベ的「文学」という点でひどく似ている）、小説の「新自由主義史観」化が選択されたことまでは、あの批評の射程が持ち得なかったのが、ぼくの唯一の落ち度だろう。

だが、ぼくが、自分のかつての批評群に最も限界を感じるのは、このように「消費」や「経済」を持ち込みながら「労働」の問題を立論しなかった点にある。それはぼくの批評が社会的な現象（「殺人事件」も「文学」も当然、そこに含まれる）をマルクス主義でなく消費社会論で語ろうとした点に起因する。例えばぼくは『少女民俗学』（大塚、1989b）では「少女」という表象を「家族制度の中で性的に使用可能な状態に達していながらその「使用」を家父長から留保された存在」、つまり「生産」から「留保」された状態にあるものとして定義した。それ故、その一義的な属性は「生産者」ではなく「消費者」である、とし、そこから議論を組み立てていった以上、労働問題が剥離するのは当然であった。

言うまでもなくぼくの議論は、80年代に於いて吉本隆明と埴谷雄高のコム・デ・ギャルソン論争が示すように、批評が前提とする人間像が「労働者」から「消費者」へと移動したことにただ従順であるに過ぎない。吉本隆明は埴谷雄高がその「生産」の背後にはアジアの労働者からの搾取があるという批判に対して、「先進資本主義国日本の中枢ないし下級の女子賃労働者」の「豊かな消費生活」のアイコンとして「生産の観点とは逆」(吉本、1985)に論じられるべきだと反論した。そのことを吉本はある種の屈託として「転向」と自称さえした(吉本、1995)。同時に「消費」という概念は、上野千鶴子が「垂直の革命」から「水平の革命」へと当時形容したように、記号の操作(DCブランドと「思想」を等価、つまり「水平」に置くこと)で「階級」や「文化ヒエラルキー」が解体する、という「期待」をもって少なからず語られた。そういった80年代の記号論的イデオロギーを近頃のぼくは「見えない文化大革命」と呼んでいる(大塚、2016b)。この「記号操作の革命」論に「物語消費論」なり「少女民俗学」は整合性があり得るように書かれており、当時もてはやされたのは当然であった。

このように「労働」という視点の排除は「かつて」のぼくの批評の根本的な限界でもあ

る。だが同時にそれは批評が実現性のない革命の夢を見ないという「節度」でもあった。

　だがここでぼくは、かつてのぼくの批評が現在の格差社会なりブラック企業的労働問題に至るパースペクティブを描けなかったことを「反省」しているのではなかった。それは乱暴な言い方をすれば「旧」労働問題であり、それを論じることはぼくの役割ではなかった。多くの理論家や運動家が旧来の意味での、つまり香山リカではない「極左」も含め、当時は存在していたからだ。そして現在も「旧」労働問題は格差社会やブラック企業をめぐる議論の中にあり、相応に理論家も運動家もいる。しかし、渡邊や青葉の犯罪が名指しした先にあるのは、「新しい労働問題論」である。そして「旧」労働問題に見える、例えばUber の配達員のようなギグワーカーとプラットフォーマーとの関係はこの「新しい労働問題」にこそ通底する。

「物語消費論」はこういった問題を示し得る枠組みでありながら、それができなかったところにぼくの落ち度があった。

　今、改めてそれを一文を以て概観するなら、「消費」という行為そのもの、あるいは人としての感情の発露そのものが見えない労働として企業ないしは社会システムに搾取され、言うなれば人は充足しながら疎外されていくことが「新しい労働問題」であると言える。

ヘンリー・ジェンキンズはぼくが「物語消費論」を書くのとほぼ同時期に参加型のファン文化論『Textual Poachers』(Jenkins, 1992) を出版する。しかしジェンキンズはカルチュラル・スタディーズ経由でマルクス主義的な枠組みを採用していて、文化記号論的なぼくの枠組みと全く異なる。

その枠組みの差異は「物語消費論」が文化産業批判や「闘争」の概念を含まないことに現れている。ジェンキンズのファン文化論は、参加型の草の根市民運動とも善意で結び付いていくが、一方ではジェンキンズがファン活動を過大評価し過ぎているという批判がある。そこにはプラットフォーマーとの関係に於ける「充足しながらの疎外」という問題がやはり関わってくる。

そもそもジェンキンズが彼の論の前提とした John Fiske「Understanding Popular Culture」では、「闘争」や「対抗」といったポリティカルな行動に内在する「快楽」と「逃避」の関係や、「想像」に於ける「快楽」を立論している。「逃避」の「快楽」は「構造」を忌避し、イデオロギーから脱出する手段であり、「想像の快楽」とは受け手のテキスト論的な自由な意味の解釈であるとする。そして、この「逃避」と「想像」がイデオロギーとの闘争だとFiske は主張するわけだ (Fiske, 1989)。このような議論は、ぼくにはコミックマーケットに於ける二次創作を何者かとの権力闘争と言い繕うに等しい気がしなくはない。少なくとも逃避・創造の快楽はむしろこの後、プラットフォーマーによるユーザーの動機付けに転じた印象の方が強い。つまり、既にその所在を述べた「充足しながら疎外されていく」という新しい労働問題をむしろ隠蔽することにさえなる。

だから、ジェンキンズの隘路は同様に「物語消費論」の隘路でもあると言える。

とはいえ正直に言えば、このことを論じていくのにぼくはいくつもの基礎的素養を今も欠いている。しかし、大雑把に問題の所在を示しておくので、後は若い誰かが批評的に詰めていけばいい。そういう、コピーアンドペーストとしての「情報労働」は若い批評家の得意とするところだろう。

前置きが長くなった。

「物語消費論」は、「物語る」ことが代表する「創作的な行為」が「管理された消費」に変質していく可能性を指摘し得たものだ。当時のぼくは、そのことで「作者」という既得権が揺らいでしまっていい、と正直に言えば考えていた。その点でぼくはポストモダニストであったが、同時に何度でも繰り返すが、それは電通や当時の角川書店のために書かれたマーケティング、もっとわかり易く言えば「動員」の理論だった。ぼくはそのことは一度たりとも隠してはいない。しかし、そのことが新しい労働問題に於ける収奪者としてのプラットフォーマーの存在を当然だが不問にしてしまった。

それでも「物語消費論」は、かつては作者がテキストを「商品」として制作し、受け手がそれをただ消費する、という一方通行的な関係がこの先、根本的に揺らぐだろう、という漠たるポストモダン的予感に支えられてはいた。こういった硬直した送り手—受け手の関係に対して、「受け手」による「読みの多様性」や「誤読」の可能性を見出すことでそれを崩そうとする主張も当時からあったが、「送り手」と「受け手」が共有する情報系（それを「世界」と呼ぶか「データベース」と呼ぶかは今は本質的な問題ではない）に準拠し、受け手がその中で自ら「物語る」ことは、それよりもラディカルに「作者」という近代的枠組みを根本から「崩す」もののようにぼくに思えたのは事実だ。

もっともそれは、別の章で述べたように歌舞伎のシナリオライターや昔話の伝承者などが「世界」というコモンズを踏まえ「物語っている」ことを思い出した時、むしろ「物語ること」の本来のあり方への「回帰」を主張する議論に過ぎなかった。

そこまでが、ぼくがかつて「物語消費論」で語ったことだ。

だが、ぼくが気分的なポストモダニストでしかなかったのは、80年代の消費革命がポストフォーディズムの時代に向かう中で起きた、狭義の「労働者」の「労働」だけでなく、社会全体が無自覚に、かつ、自発的に、プラットフォームのための余剰価値生産に総動員される体制への移行であり、何より自分が「作者」や「批評家」としてその渦中にいることに無頓着であった点にある。

いまさら語るまでもないが、ポストフォーディズム下に於いての「労働」は、それまでのわかり易い「旧」労働とは大きく趣を変える。例えば、今の労働問題をブラック企業問題など「旧」労働問題に限定してしまうことは、ポストフォーディズム下で、人間活動そのもの、生きること自体がプラットフォームに動員されていく労働と化していることが見えにくくなる。つまり「物語消費論」は、「誰もが物語る行為」を「消費」としてではなく、「労働」と捉えるべきだったのであり、「物語労働論」として書かれるべきだった、ということである。それが現時点でのぼくの反省だ。

「物語」の「創作」を「消費」と呼んだのはぼくの他愛のないニヒリズムでしかなかった。

無論、現象としては１９８９年の時点では「物語消費論」のモデルを抽出した子供向けの食玩シールに於いては「シール」に付与された断片的情報を繋ぎ合わせ物語を想像／創造すること」が、食玩を買うという「消費」と一体化していることに留まっていた。しかし、今にして思えば「物語消費」は、情報商品のセグメントを精巧化、再結合する「情報労働」の走りのようなものであった。また、この時点で企業は二次創作的労働に於いて、そこで書かれたものを「コンテンツ」として企業自身が回収する仕組みはつくられていなかった（安全地帯から論じるつもりはないので、つくるべきだ、と考え、それを実行した事実は正直に書いておく）。しかし事実として90年代の角川歴彦のメディアミックスが、「物語消費論」的枠組みを含んでいたとはいえ、そこでは受け手の「創作的消費」を「労働化」し回収しマネタリングするエコシステムはいまだ「不充分」だったのである。

したがってその時点では「物語消費」は「作者の解体」という、ありふれた近代文学批判の枠の中に留まった。そもそも「物語消費論」を書いた時点ではポストフォーディズムをめぐる議論は日本では充全でなく、むしろ、ニューアカとして半端に資本と「野合」していた。当時のぼくが単に消費モデルの解析に飽きたらず、「実験」を試みたのは、これも正直に記せば、ポストフォーディズム的なものの「不徹底」が鮮明に「見えた」からである。消費者に合わせた大量生産でない商品の製造を、消費者自身に行わせ、収奪することでのポストフォーディズムの「徹底」である。その点ではぼくはネオリベラリストでさえあった。避け難い最悪のシナリオを遅延させ続けるよりは、加速させる方に加担することをぼくは「経済」に於いてはしばしば選択する。

とはいえそれはコンピュータゲームの「世界観」にいくつかの仕掛けを施し、開放系として「受け手」に提示し、二次創作で誘発し、そこから出てきた「創り手」や作品を出版社に回収させたり、都市伝説を誘発するマーケティングを局地的に仕掛ける、といった程度の「実験」であった。

ルーシー・モノストーンもそうだが、ぼくは自分の批評的仮説を「実験」し検証する習癖があった。その時点では現在のようなwebは存在せず、出版システムも充分に「生きて」いたから、回収された作者たちは適切な印税なり原稿料なりを受けとることができた。印税や原稿料を払うことで、逆に言えば「労働」として二次創作を限定的に認知する結果にはなった。

しかし同時にぼくの仕掛けた二次創作誘発のための作品の受け手には、オンリーイベントが幾度かは開催される程度に「無償労働」の二次創作者がいたのも事実だ。彼らは「原作」や「二次商品」を購入し、それらを「素材」に二次創作の同人誌を制作した。同人誌の「売り上げ」で利益を出すものも多少はいただろうが、無償の労働者、フリーレイバーはやはり、「そこにいた」のである。

彼らの行動は、その時点でも少なくともそのタイトルのパブリシティに寄与するという点で企業にとってもメリットがあった。同時に彼らは、不特定多数の大衆でなく、特定の作品のファンとして可視化され囲いこまれた、閉じたマーケットであった。彼らは自分の愛好する作品の関連商品を集中的に大量消費する傾向が強かった。だから、二次創作者の活動そのものを管理するビジネスモデルの有効性はこの時点で明確だった。そのことは、角川歴彦が角川騒動の渦中にその作品のオンリーイベントを「視察」したことで裏付けられるだろう。どうでもいいことだが、YouTubeを買収しようとして頓挫し、ニコ動を吸収する角川のプラットフォーム化はここから始まっている。

他方、同人誌の周辺には、同人誌の印刷業者やイベントへの宅配など、二次創作者へのサポート産業が成立しつつあり、二次創作者は同時にそれらのサービスの「消費者」でもあった。

二次創作同人誌の印刷業者は、かつて文芸同人誌を印刷する印刷所と本質的に「同じ」であるという人がいるかもしれないが、90年代初頭の時点で二次創作系同人誌が同人誌の主流となる一方で、印刷会社への印刷代の未納分を次の同人誌の刊行で支払い、また新たな未納分を生むといった事態が生じていて、「創作」という行為が「同人誌印刷所の経済システム」に隷属する形に変化していたことは注意していい。ちょうど、出版界に於ける「取次」が一種の金融システムであることにもそれは似ている。その程度の「エコシステム」は「物語消費論」の時点で成立していた。

このように、創作者が一次版権の所有者に対しても、印刷会社という企業に対しても、つまりは、経済システムの中で、「創作させられている」という従属関係に当事者の意識とは別に変化していく転換が大袈裟かもしれないが、この時の二次創作の中に垣間見られた、と言える。そしてそれらの個別の経済システムはコミックマーケットというイベントに収斂しつつあった。二次創作者たちはコミケというエコシステムの中で「創作させられるファン」と化しつつあった。コミケをプラットフォームのアナログな形態とするなら、プラットフォームによる「物語消費」の統治への予兆は既にあったのである。

このようなポストフォーディズム問題は90年代末からゼロ年代に入るあたりで現代思想の領域で一つの「流行」となっていったが、それでも問題の所在は限定されていた印象がある。

例えば、「介護」を肉体だけでなく感情をも労働に動員させる「感情労働」を介護者に求めるものとして立論する議論などは、その代表的なものだろう。webに於けるユーザーへの対応は、ユーザーの感情的快適さの創出に主眼がある点で「感情」サービスとして洗練される傾向にある。「感情サービス」はプラットフォームではアルゴリズム化され、人の手を離れていく傾向が強く、むしろ「無償労働」の対価となる傾向がある。

例えばメルカリに代表されるニーズのマッチングプラットフォームでは経済活動を「ユーザー」間で行わせ、そこから手数料を得る点で「ユーザー」は対プラットフォーマーには「無償労働」を行っている。その対価は商行為を手軽に行える「アプリの快適さ」という感情サービスである。しかし私たちは実はメルカリというプラットフォマーのために労働しているのである。ユーザーは互いに評価しあうことで商行為での過度の気遣い、つまり「感情労働」を行うよう仕向けられる。

こうやってポストフォーディズム的な労働の全面的な拡張とその透明化が進行する。それは既に見たようにまず「おたく産業」周辺で起きて、次に「出会い系」と呼ばれた男女の性的関係を仲介するシステムでは「性」がプラットフォーマーへの「無償労働」となっている印象さえある。この点で楽天など大手プラットフォーマーが黎明期「出会い系」のプラットフォームを持っていたことが注意されていい。

こういった「物語消費」的労働は、この国の現在としてのネオリベラリズムに支持される傾向がある。例えば、ＴＰＰに於いて二次創作の庇護をネオリベラリストに分類できる知識人や財界人や政治家、あるいはＩＴ企業家が支持したのは、「表現の自由」を守るためではない。そもそもオタク周辺で「表現の自由」は権力・国家に対する言論の自主独立でなく、二次創作以外では、エロとヘイトの自由にもっぱら限定されているか、その程度の「自由」を国を挙げて「守る」のは、既にそれが、日本経済のエコシステムの一部に組み込まれているそれなりの「経済問題」だからである。

いわゆる「クールジャパン」が喧伝される中、おたく産業に於ける「オーディエンスの参加」によるクリエイティブな活動（つまり二次創作や初音ミク）を日本ポップカルチャーの本質と見なすイアン・コンドリーらの議論は、見かけ上は送り手主体だった表現への大衆参加を賛美し、まるでカル・スタ的左派の主張のように見えながら、「参加型メディアミックス」が実は「消費者の創作的行為を労働化する仕組み」として資本に組み込む点でポストフォーディズム的に「正しい」という側面を持つ。このことを表現するコラボレーションという語に「協働」という近衛新体制下の翼賛用語が使われたことは注意すべきだ。「協働」は１９２０年代には左派用語としてあり、右派用語として新体制下、読み替えられたものである。無論、そこまであからさまな議論はないにしても、政財界に於ける二次創作の擁護者の顔ぶれをチェックしていけば（自分でチェックすることだ）、それは、自ずと明らかだ。

二次創作、ボーカロイド、ＡＫＢ的なアイドルといった「コンテンツ」（と敢えてそう記す）の創出に「ユーザー」の参加するシステムが、おたく産業の周辺にいかに拡大していったかはばかばかしいので、いちいち指摘することはないが、「送り手」の提供した情報系に「ユーザー」がフィードバック的に参加することで「コンテンツ」が成長し、あるいは再生産されながら、そのフィードバックの行為は「無償労働」どころか自らお金を払う「消費」でさえあるという点で、やはり「物語労働論」と書き換えられるべきだった「物語消費論」の枠内に正確にある。アイドル産業に於いて「ユーザー」が時に「プロデューサー様」「クライアント様」という名称で奉られるのは、「ユーザー」（消費者）と「プロデューサー」（制作者）が一体化している事態への物語消費論的な皮肉だと苦笑いさえする。

無論、アイドル「ユーザー」は自発的に「参加」しているのであって、「参加」を止めることは理屈としては当事者の自由である。だから、オーディエンスとしての「アイドルをつくる」という行為への参加はあくまで自発的なものである、と「ユーザー」は考えるだろう。しかし、ＡＫＢの全盛期、握手会で、不意に目の前にいるアイドルに切りつけた「ユーザー」がいたことは思い起こしていい。それはストーカー的に特定の誰かを狙ったのではなく、アイドルというシステムそのものへの「テロ」であったと言えまいか。アイドルがお金を特権的に儲けていることが許せない、というニュアンスの動機を述べていたが、システムへの怒りをその周辺の人々に拡大するのはテロリズムのありふれた手段だ。

実際には「アイドル」の大半もフリーレイバーに近い。冒頭で触れたように『黒子のバスケ』事件にせよ、この「物語労働論」の最初のバージョンを発表した時点では青葉真司の事件は起きていなかったが、おたく産業周辺で起きたいくつかの事件はしばしば、ポストフォーディズム体制へのテロリズムと考えた方がいい事例が散見する。

こういったおたく産業周辺に於ける物語労働論的な搾取をその外から「笑う」ことは容易《たやす》い。しかし、「おたく」たちの物語労働論的なシステムへの参画は、ポストフォーディズム的事態のもっともわかり易い事態に過ぎない。何故なら、今や、webに於ける人間の行為がすべからく透明な労働としてあるからだ。

web、中でもプラットフォームが人の行動そのものを「労働」として搾取していく仕掛けであることは、２０００年に入ると、例えばＡＯＬのチャットに趣味で参加している人々のその行為そのものが実は「フリーレイバー」であるといった議論として早くも北米では出てくる。それは当然、日本にも正確に当てはまった。例えば「2ちゃんねる」の自発的な書き込みは同時にコンテンツとしてそれを閲覧する人々を引き寄せた。その2ちゃんねるの創始者がそのスキームを「動画」に移行させた（という「ストーリー」になっている）「ニコ動」は、プラットフォームという開放された投稿の場を装いながら、ユーザーに無償でコンテンツを提供させ、それを目当てにする閲覧者への「会費」（実態はコンテンツの対価）による収益を当初のビジネスモデルとし、現在の国策企業KADOKAWAの基礎を築いた。

一方、YouTubeや無償の投稿サイトの多くは「広告」による収益を軸とする。これらは旧メディアの収益モデルと「無償の創作者によるコンテンツ」を接続させたもので、しかしコンテンツ制作の対価が最小化されるという点で画期的であった。pixivや「小説家になろう」などの創作投稿サイトも同様で、個人のボランティア的運営か企業主導かは別にして、「投稿」という無償の労働によってつくられたコンテンツが生む収益をプラットフォーム側が得る仕組みは、webに於いて共通のエコシステムである。著作権を管理する運営側が二次創作を投稿させる、というKADOKAWA型エコシステムは、もはやその一つに過ぎない。

だから、デジタルとアナログのプラットフォームの統合と喧伝されたKADOKAWAとドワンゴの経営統合劇はドワンゴの消滅という形で幕を閉じたが、その構想が内々に進む中で設計されたのはCtoC（Consumer to Consumer）という用語がその時点でどの程度一般化されていたかはさておき、それをアニメやまんが周辺のコミュニティをKADOKAWAのエコシステムにとり込むことに主眼があったことは今更だが思い起こしていい。ぼくがプラットフォームによる収奪を初めて問題としたのもその合併を受けての文章に於いてである。

例えば「統合」に先行して出版されたアスキー総合研究所編『ソーシャル社会が日本を変える』に於いて伊藤穰一が角川歴彦との対談の中で以下のようなあからさまな発言をしていたことはもう一度思い出していい。伊藤はこう切り出す。


角川グループのような日本のコンテンツ企業が、ファンのコミュニティーのようなものを、しっかりとしたコンテンツとして出版することが突破口になるのではないでしょうか。先程のアニメの話もそうですけど、日本のコンテンツ企業のほうが、目線が現場に近いですよね。米国は成果物を「どんなもんだ」と一方的に押し付ける感じです。
（角川／伊藤、２０１１）

これに対して角川歴彦は「ユーチューブで世界に広がった日本のサブカルチャーをいかに収益化するか、それが私たちの腕の見せどころです」（角川／伊藤、２０１１）と応じていて、同人誌的なファンコミュニティをＳＮＳと結びつけて、それをＫＡＤＯＫＡＷＡが「マネタリング」する、つまりファンコミュニティ周辺からの収益化を堂々と語り、それを書籍として自社から刊行している。**図1**は角川歴彦が２０１４年に自ら経営統合についてレクチャーした際、示した図でもある。この図自体は、デジタル・アナログのプラットフォーム統合をイメージしたり電子書籍をビジネススキームの

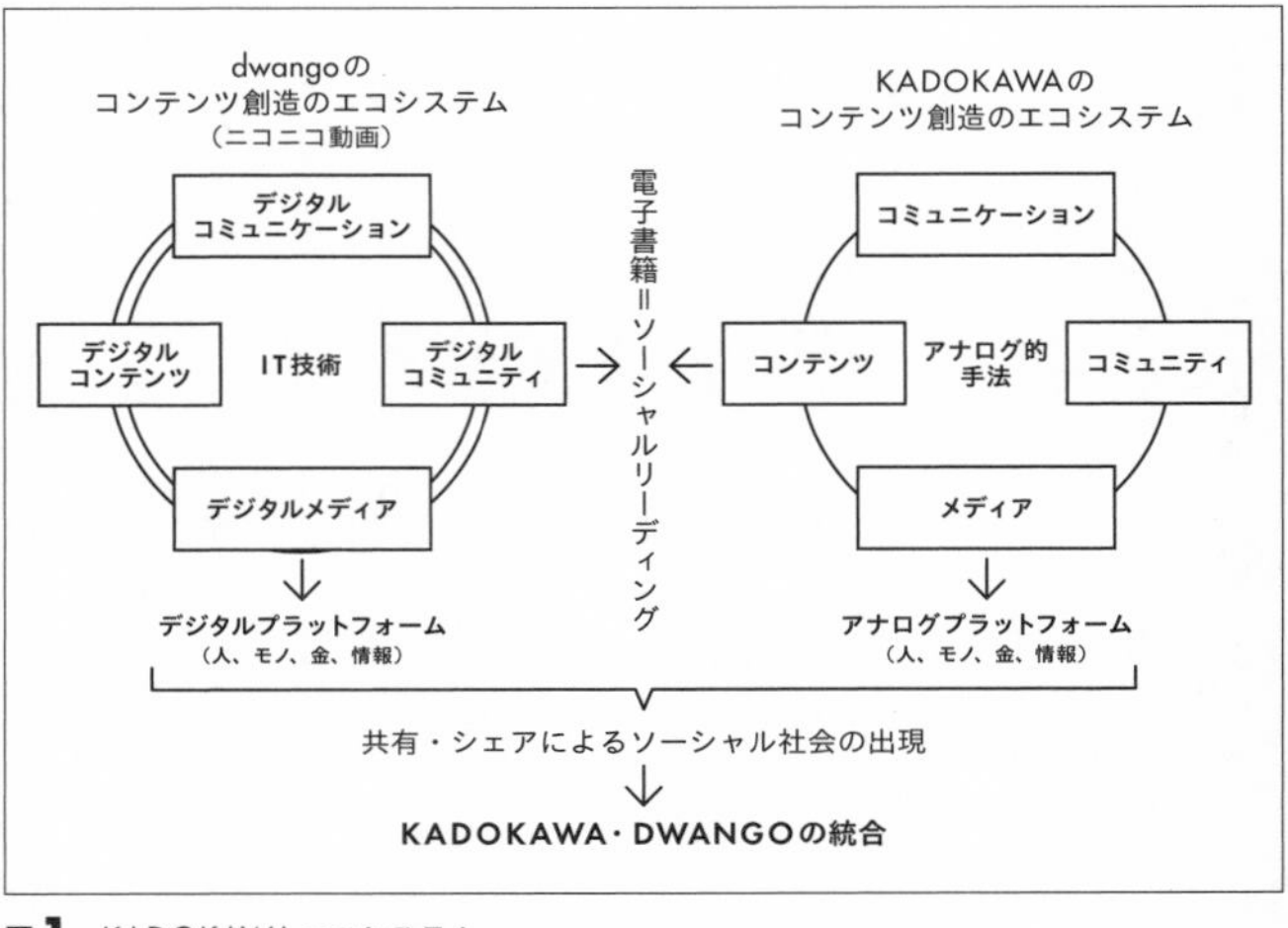

図1　KADOKAWAエコシステム
（角川歴彦「角川歴彦セッション」2014年7月16日　東京大学大学院情報学環シンポジウム）

軸にしたり、合併に向けた議論自体はweb用語の玉虫色的パッチワークの域を出ないものだ。

だが、デジタル及びアナログの「コミュニティ」とは具体的にはアニメファン文化を言い、それをエコシステムに組み込む厚顔無恥さは要するに、オタクコミュニティを市場とする「CtoC」ビジネスへの参入宣言である。その時点で会員制という形で動画の「CtoC」の収益化に成功しているように見えたのがニコ動であった。

それでも「まんが」や「小説」「動画」といった外見上、「コンテンツ」に近いものは、著作権が作者に帰属する「近代」の規範が、YouTubeやニコ動が投稿者への利益配分をせざるを得ない「抑圧」になっている。ニコ動では有料チャンネルでは上位100チャンネルは月間売り上げが1500万円を超えるなどとも喧伝されたが、投稿の大半はフリーレイバーである。それがYouTuberという職業さえ生んでいる。しかし、全ての投稿者に再生数に応じてロイヤリティーを発生させれば、プラットフォームは確実に破綻する。正確に言えばそれは可能だが、フリーレイバーによって生じた作り手に還元されない余剰で、web企業は投資やM&Aを行い企業を拡張している。そこには極めて教科書的な資本による労働者からの搾取があるが、それが現状では「見えない」。

また「投稿」は著作権侵害も少なからずあり、YouTubeでさえそこにCMを挟み込むように、プラットフォーマーはそのヒエラルキーの上位で未だイリーガルなコンテンツからさえ「搾取」する制度となっている。そもそも私たちはGoogleの検索で一瞬で海賊版サイトにたどりつくことができるのである。果たしてこれは検索する側のみの責任なのか。

このようにプラットフォームの存続・肥大にはイリーガルを含む無償のコンテンツの「投稿」が未だ前提となっていることは忘れるべきでない。

しかし、プラットフォーム上の「無償労働」によるコンテンツ制作は当然、「創作」に留まらない。むしろ問題は当然だがそちらの領域である。即ち、別の章で論じる労働運動としての「ルーサー・ブリセット」が示した、かつて後期資本主義社会の中で「生きる」こと自体が対企業への無償労働となっているという立論がより鮮明になっている。やはりフリーレイバー問題はその部分にある。

現在では、ブリセットが無償労働の例とした、ブランドのロゴの入った紙袋を持って町を歩くことで身体を広告塔化させられている、といった「象徴」的問題に留まらない。例えば「批評」もフリーレイバーとして拡大した領域である。プラットフォームに於ける「投稿」やCtoCはブリセットが予見した問題の具体化に他ならない。「食べログ」の投稿、

amazonのレビュー、Yahoo!ニュースに於けるコメントは「批評」であり、これらのプラットフォームのコンテンツの一部である。当然、無償で投稿されたものだ。例えばかつて良質なジャーナリズムを提供するとされる北米の巨大ニュースサイトMediumでさえ、投稿されたコラムの「フリーの使用権」をプラットフォーム側に与える仕組みとなっていた。

フリーレイバーによる「コンテンツ」としては社会的逸脱行為のコンテンツ化という事態も指摘しておくべきだろう。「炎上」を引き起こすTwitterの投稿で、例えばアルバイトが店の冷蔵庫でふざける姿を写メで撮ってアップすることもレベルの低さはさておいて、「パフォーマンス」として定義はできる。実際、YouTubeの「コンテンツ」とはこの域を出るものではないものが大半である。また、いじめや、ハラスメントといった犯罪行為を自ら動画サイトに投稿する「犯罪のコンテンツ化」の例はいくらでも思い当たるだろう。「現代アート」には、実際、このレベルの「アート」(例えば最近なら美術館にデリヘル嬢を呼びつけ「晒す」という「アート」のプランが物議を醸した事例)も少なくない。

そして「炎上」したツイートや「写メ」は「まとめサイト」などで再度コンテンツ化される。まとめ型もまた個々の投稿のフリーライドで広告費を稼ぐが、それらとてまとめサイトの上位のプラットフォームに「無償労働」といわずとも自給自足で奉仕するに過ぎない。そういったフリーレイバー間の更なる階級化はwebではいとも容易になされる。

だからこそ何より「投稿」というwebに必然的に伴う行動そのものが、その内容の水準はさておき、「コンテンツ」の創出形式としてある、というより本質的な問題をまず認めなくてはいけない。ここで「コンテンツ」と敢えて呼ぶのは、それによって「投稿者」以外の誰かのための「経済的価値」を生み出しているからである。

しかし、それにしても人は何故、無償で労働するのか。

そもそも近代に於ける文芸誌がすべからく投稿メディアとして成立したように、「自己表現」は近代的な自我と一体である。webは作者という特権階級だけでなく、万人に自己表現の機会を開放した。文学者や芸術家がweb投稿者と一緒にされたくないというなら、「自己表現」を「自己表出」と言い換えても別にいいが、本質は同じだ。この自己表出の民主化は、同時に自己表出が、そのまま無償労働によるコンテンツ制作と化するプラットフォームの成立を可能とした。ポストモダンにあるはずの「今」、未だ人は「私」の表出への欲望から逃れ得ないのである。

こういった「コンテンツ」のフリーレイバーへの依存は、別の問題を派生する。一つには「コンテンツ」そのものの無償化、低価格化という「抑圧」である。海賊版の経済的損失ばかり言われるが、例えばKADOKAWAのコミックプラットフォーム「コミックウォーカー」では雑誌連載のまんががweb公開されても一次使用料は支払われない。電子書籍の各プラットフォーマーへの転売でもプロモーション目的と称する「無料」配信が用いられ、著作権使用のフリーレイバー化が進んでいる。もっと深刻なのはクラウドワーカーなどと呼ばれるweb上のブラック企業的労働者を生むという、web労働問題だ。文章やデザイン、まんがなどを含め表現活動がwebでのやりとりに移行して以降、極端な価格破壊が進行して、web上に大量の下層労働者を産み出している。

webには「嫌儲」というwebでの創作行為や活動に利益を求めない無償の美徳がある。こういった美徳は崇高な芸術や表現に於いて創り手は赤貧に耐えるべきだという、それこそ近代文学や芸術が産み出したファンタジーが作用している。その美徳が奇妙な倫理としてwebに持ち込まれた時、フリーレイバーは「芸術」や「文学」という「神」ではなく、プラットフォーム企業に奉仕させられるのである。ブラック企業が崇高な理念を掲げ、そこへの忠誠心を労働の動機にすり替えようとしていることと同じである。これはボランティアやNPOの「労働」の中にも潜む問題である。

だが、webに於ける無償労働はこういったコンテンツ制作にもはや留まらないことはここで確認しておくべきだろう。今や、その「自己表出」のスキルや深度に関わりなく、webに何かを投稿した瞬間、それは無償労働のコンテンツと化す。その中で、人は「日々の行動そのものをコンテンツ化させられていること」にこそ気が付かなくてはいけない。

そもそも、web上での日々の行動は自らコンテンツ化しなくとも既に「労働」なのだという議論が可能だ。例えば人がプラットフォームに参加する時に提供を求められる個人情報、あるいはプラットフォームがユーザーのweb上での行動から収集していくデータは、広告主への有効な広告枠の販売のツールとして「価値」を有し、「ビッグデータ」としてそれ自体が「商品」として販売される。

つまりweb上の行動そのものが価値を生み出すという点で「労働」であるという考え方である。ブリセットの急進的な宣言が今や万人に等しくもたらされたわけである。

そもそも具体的な「もの」（生産物）の創出ではない、非物質的な価値の創出を「無形労働」と見なす議論が以前からある。例えば、よく知られる、マウリツィオ・ラザラートの「Immaterial Labor」についての議論では、商品中の情報や文化についての内実を生み出す労働を「無形労働」と呼ぶ。それは「文化」や「芸術」の名で呼ばれた創作活動（つまり「コンテンツ」の創出）や80年代的な記号操作による価値の創出（差異化のゲーム）も含まれる。webの出現で、これらコンテンツの多くが本やCD、ビデオといったパッケージ、つまり「モノ」（マテリアル）としての外形から解放されたため、「価値」だけが単純化された。そして「モノ」という外形を伴わない分だけ、それが、「労働」の成果物だという点が見えにくくもなる。

加えてラザラートは「無形労働」、形を伴わない労働による価値の創出の中に、コンテンツやデザインだけでなく、文化や芸術に於ける消費者の審美的な規範、つまり「ユーザー」が何を「おもしろい」「おいしい」「美しい」などと感じ、それを欲するかについての「規準」そのものの創出を含むとする。要するに「公衆の意見」そのものが「無形労働」の生み出す価値だと考える。一方では「集合知」と呼ばれ、他方では「ユーザーの意見」と呼ばれ、最終的には「ビッグデータ」という「商品」にさえなる「価値」の創出もまた、「無形労働」なのである。

このような「無形労働」の定義を踏まえれば、かつてのような特権的な知識人や作者だけではなく、webに於けるユーザー一人一人の精神的活動が「無形労働」となることは自明だ。既に私たちは一人一人がスマホを持ち、いくつものプラットフォームのデバイスとして使用するが、しかし本当はもはや個人はデバイスとしてプラットフォーマーに帰属している。

このデバイスと「私」の一体化は、人を「フリーレイバー」（無償労働）として参画させるための動機付けが「主体になる」、あるいは「自己表出する」というものだともラザラートが言うこととも関わる問題だ。

つまり、近代的個人の欲求そのものが、フリーレイバーとしてエコシステムに参加する動機となっていて、私たちは「デバイス」であることで「私」であるという倒錯の中にある。一見、ばかげた主張に聞こえるかもしれないが、かつて私たちは「私」と小説に書き出すことで「私」たり得たことと寸分も変わっていない。プラットフォーマーは私たちの「主体性」を呆れるほどに尊重してみせる。しかし、プラットフォーマーが「ユーザー」の意見に耳を傾ける「そぶり」を見せるのは何故なのかを冷静に考えればわかることだ。つまり「ユーザー」を「主体性」のある消費者として「意見」を述べるよう、「自己表出」が常に誘導される。「主体になる」「自己表出をする」という近代の欲求をwebは万人に開放し、そしてそれが発露しやすい様々な「仕掛け」をwebは提供する。

その時、重要なのが「自己表出」のためのハードルが大胆に下げられることである。少し前、Twitterの文字制限を140字から1万字に増やすという噂が流れて、大きな反発があったが、それは大抵の人が140字をさして不便に感じていない、という証《あか》しである。だから、webでは長いテキストを書く手間暇をユーザーに要求しない。♡やRTや絵文字でかまわない。KADOKAWAの小説投稿サイトで規定の文字数に達しない投稿（例えば1章ごとに「あとがき」を用意して水増ししたもの）が黙認され、賞の予選を通過していくことが投稿者によって批判されたが、いかにより簡易な「自己表出」の場を提供するかはプラットフォーマーの重要な戦略である。「自己表出」を求めるプラットフォーマーはその「表出」技術の劣化を援助するのである。

こういった「自己表出させられる」環境の中で、しかし、もう一点重要なのは大抵の場合、人は自己表出すべきものを持たないということだ（ぼくも殆ど持たない）。持たないにも拘わらず、「自己表出せよ」と誘導される逆説としての「近代」がweb上にある。オンライン上の言語空間が少しもポストモダン的でない証しである。

web上で「拡散」や「炎上」、あるいは「リベンジポルノ」や個人情報の暴露などが習慣化するのは、「自己表出すべきもの」がないままにそのためのツールと「抑圧」だけがあるからである。語るべきことがないのに語らなくてはいけないという抑圧化された欲望だけがある。

それ故、web上の「自己表出」は極めて直接的な感情の吐露となる。「感動」や「嫌悪」、つまり「泣ける」や「嫌××」（「××」の中には「中国」でも、近頃は「沖縄」さえ代入される）といったあまりに脊髄反射的な感情の吐露がパブロフの犬の如くweb上では言語化される。「感情」の表出には論拠も描写も不要だからだ。小説がサプリメント化した、「泣ける」「恐《こわ》い」「感動する」「役に立つ」といった即効性が機能性食品の如く求められる一種の機能性文学としてあることと、それはパラレルな関係に恐らくはある。つまり、小説の「感情化」である。機能性文学は「感情小説」とでも呼ぶべきだろう（大塚、2016d）。このあたりの「感情」の問題はジェンキンズも議論するところなので参照されたい（Jenkins, 2006）。

その意味で「歴史」もまた感情化する。中韓によって「誇りが傷つけられた」とか、日本をとにかく「誇る」といった、感情水準での発露がweb上で「歴史」に対する「価値」、つまり歴史認識を「集合知」として形成する。ネオリベラリズム的な歴史認識そのものが過去を徹底的に否認し、自分に心地好い、感情的な歴史を創り出す「歴史の感情化」であるのは言うまでもない。こうして、「国家像」そのものが「感情化」するわけだから、安倍晋三はその点でこの国の最高権力者に相応しかったといえる。政治も当然「感情」化しなくてはいけないのだ。

対して、その「感情」の発露にわざわざ、文学的レトリックを多用し、いささかの「努力」をついやしてしまった、元少年Aの小説はそれ故、「サプリメント」としては機能しない。同じく、小保方晴子がSTAP細胞の作成手順についてwebで公開しても、その検証より彼女の「感情」の発露としての「手記」の方が好まれ、そしてなされるのも彼女の「感情」に対しての、いわば「感情」的批判である。

政治的ニュースからタレントの不倫、インスタグラムの写真から猫の動画まで、そしてあらゆる商品への反応も含め、私たちは「感情」を瞬時に発露するように訓練付けられている。かくもwebで人は「感情の発露」という形の「労働」を常に求められている、と言える。それだけでなく、あらゆる形で人は自分の「生」をプラットフォームに於いて無償のコンテンツとして提供し続けていくことを求められる。「創作」や「消費」だけでなく、「生きる」ことそのものがフリーレイバー化しているのである。

こういった「新しい労働問題」は既に触れたように、ゼロ年代に入る前後に登場したが、「現代思想」の中の流行で終わり、むしろ、表現の民主化や集合知への期待という、敢えて名付ければ「ポストフォーディズム的なコミュニズム」論（多分、この国の現在はネオリベ的共産主義の達成下にあるのだ）の中に楽天的に吸収された。

ヘンリー・ジェンキンズの著作がようやく翻訳されたことを喜びもするが、そのファン参加論が彼のいささか楽天的な見通しの中で「ファン参加文化」を「民主主義」と結び付けるような本づくりをしつつ、しかし、同書でもまたコンドリーの翻訳と同様に二次創作に近い「Collaborative authorship」を協働的著作と訳し、クールジャパン政策で復興した翼賛用語の「協働」を恐らく確信犯的に用いる翻訳など、ジェンキンズのファンによる民主化と資本による収奪のぶつかり合う場としてのプラットフォームという議論にバイアスを与えていることには危惧を覚える（ジェンキンズ、2021）。

こういったジェンキンズの「誤読」は、私たちは誰からも強制されることなく「自由」にwebに於いて、もしくは二次創作に於いて自己表出しているのだからいいではないか、というこのユートピアを歓待する反論がむしろ補強し、見せかけの民主化を主張するものだ。だが、マルクス主義以前には「労働者」が「搾取」されているということに「労働者」自身が気づかなかったように、「労働」に於ける「疎外」は本来、見えにくい。ポストフォーディズム下の「感情労働」や記号を操作する「情報労働」、ましてやweb上でのふるまいそれ自体が「労働」化していることは批評や社会理論なしには実感されにくい。

しかし実感されないことと、問題が存在しないことは別である。「実感できない」のは「実感させない仕組み」が社会に実装されているからだ。しばしば言われるように、ホームレスを公園から追いはらおうと思えば誰かが物理的な力で排除するよりもベンチの中央に肘掛けを一つ「つくる」だけでそこで寝ることが困難になるから、彼らは姿を消す。ホームレスは一見すれば「自発的」に立ち去っているのである。無論、愉快ではないだろうが。

このような、管理に見えない管理の技術が今の社会では各所で進化しているのだ。Webは常にユーザーに対し最適化したよりよいサービスを提供しているかに見えるのは何故なのか、考えてみる必要があるだろう。プラットフォームの提供するサービスはその意味で公園のベンチなのである。

しかもポストフォーディズムな無償労働は消費や自己表出という快楽を伴い、こういう言い方は心ないかもしれないが、知的な負荷を極力、人に求めない。つまり「見えない」だけでなく、何より「心地好い」のだ。「自発的」に立ち退くホームレスと違い、「不快」とさえ感じないのだ。反知性主義の批判者は「反知性的であることの快楽」と、それをもたらす仕組みを理解していない。「反知性」は「知性」以上の快楽なのである。

ぼくが以前『黒子のバスケ』の渡邊に興味を持ったのは、こういったシステムの中にいることが「不快だ」と彼が感じることが例外的にできたこと、そしてルーサー・ブリセットが予見した「システム」そのものを彼のチープなテロリズムの対象としたことにある。『黒子のバスケ』をめぐるメディアミックス的なシステムがたまたま彼の眼前にあっただけだが、十何年程前、盛んに議論されたこのポストフォーディズムの問題は、プラットフォームと「ユーザー」の関係の中でようやく、かろうじて、「見える」ものとなった、と言える。青葉真司が殺意を向けたのも同様の「システム」であったとしか説明のしようがない。

しかしこのようなweb上の労働問題はフリーレイバーを通り越し、次の局面にある。そしてここで生じつつある「労働」の快適な全人格化や、「消費」の「フリーレイバー」化が、リアル社会の「労働」に反転する形でフィードバックされ、「労働観」を形成しているということを踏まえないと、「ブラック企業」や「介護労働」の問題は恐らく「旧労働問題」としか見えないままなのである。

私たちはwebの内でも外でも、全人格的な、生そのもののプラットフォームへの従属を暗黙のうちに求められているのだ。

そもそもプラットフォームはwebという社会システムの外部に出現した。それは網野善彦ふうに言えば「市」（イチ）が権力の外側に無縁の空間を成立するようなものだが、このような管理された空間の外部としてwebが期待された議論はその初期に於いて盛んになされた。しかし旧資本主義の外側に出来上がる市場は常に新しい権力の基盤になる。コミケという外部の市場や「2ちゃんねる」を出自とするストーリーをつくってきたニコニコ動画が安倍政権以降の「保守」を補完し、プラットフォーム作業がその新しい「保守」の権力基盤として利権化される光景は既に現実である。中国という旧資本主義の「外部」に於いては国家とプラットフォームの統合が進行している。「スマート産業」などとソフトに喧伝される社会像はあらゆる個人情報や個人の行動がスマホというデバイスで一元的に管理・監視され、「快適」なサービスを提供する社会のあり方で、人はそこで近代的個人としての自由や人権の一部(しかし結局は全て)を放棄すればいい。既に私たちはマイナンバーに国民総背番号制というディストピアを感じとることができなくなっている。そういうプラットフォーム国家が中国をモデルとしつつ(内閣府のスマートシティ構想のHPで示されるのは中国の事例である)、それを推進するデジタル庁の設置である。私たちは今、わずかのポイントと引き換えに近代的個人を国家というプラットフォームに切り売りしているはずである。

ポストモダンとはそもそも人が「近代的個人」という呪縛から解放される時代を意味したはずである。なるほど、私たちはプラットフォーム国家に「個人」としての尊厳を移譲し、自らはそのデバイスと化すことを選択しつつある。

それはソフトなジョージ・オーウェルの『一九八四年』に他ならないが、「逃避」と「創造」の快楽は「物語消費論」的に担保されているのだ。

ノート4
物語隷属論

『物語消費論』（大塚、1989a）に於いてぼくは「物語ることに見せかけられた消費」の所在を示した。「物語労働論」（大塚、2016c）では「物語ることに見せかけられた労働」の所在を示した。この「物語隷属論」では物語ることに見せかけられた「隷属」のあり方を考える。この小論の限りに於いては「物語る」ことは創造的行為の比喩として用いるが、そこで問題とされるのはプラットフォーム下で「物語ること」、即ち「創造」に於ける「疎外」の所在である。

「物語労働論」で示したwebに於ける「疎外」の問題はフリーレイバー（無償労働）という点に於いてはYouTuberの登場などによって広告料金の還元や企業タイアップの仕組みが問題を解決したように演出される。しかしこの議論で提示した、人が無自覚な「情報的行為者」としてプラットフォームに隷属するという問題系はより加速している。この物語る、創作する、情報発信するという一見すると個人の主体的な行為がプラットフォームによって管理される「仕掛け」そのものが、web以前から存在していた可能性については、別の章で歴史的に検証している。しかし、その「仕掛け」は自然発生的に文化に内在していたり、せいぜい、それに基づく仮説的モデルを、旧メディアが限定的に援用したものに過ぎなかったのに対し、現在にあってこの問題が重要なのは、インターネット以降のテクノロジーがこのような「疎外の仕組み」をプラットフォームに「実装」した点にある。
テクノロジーが人のプラットフォームへの隷属的な疎外を可能にする試みは、例えば十五年戦争下の参加型ファシズムが新聞・雑誌といった印刷メディアや映画、そしてラジオ等を連動させることで成立した情報空間を、国家が一元的に管理していくプラットフォームとして仮説（あるいは仮設）することで一部で実用化されていたものの、その理念型が実現するには①webの出現と②人間の「疎外」の新しい形での産業化が必要であった。このような事態は、見方によっては「人の疎外の産業化」という資本主義の本質的な「動機」の完成が近づきつつある、とイメージした方が正しいのかもしれない。

しかし、この「新しい疎外」をその内部にあって言語化するのは極めて難しい。そこには以下の3つが理由として考えられる。第一にプラットフォームが従来の「疎外」イメージの前提にあった機械制大工業に比して「機械」としての全体像が見え難《にく》いこと。何しろ掌のスマホにそれは収まるのである。第二に「労働者」が企業に所属していない労働の形式が推奨されていること。そして第三に「労働」が「労働」ではなく「消費」や「創造」の形をとることである。

もう一点、プラットフォームはこういった「不満」をあらかじめ消去するのに適しているという点が挙げられる。

それはプラットフォームが、中国のような国家主導の検閲だけでなく、ロックやアカウント凍結、シャドウBANといった機能による自主検閲、ユーザーの集団的な投稿による異論の封殺を可能にするシステムであるということに止《とど》まらない。例えば、「疎外」そのもののポルノグラフィー化、コンテンツ化がSNSでは顕著に見られる。貧困や社会的弱者のルポルタージュの類が閲覧数を稼ぐ例がある。それは論者にとっては社会的告発であっても、他方で、ネオリベラリズムから必然的に導き出される「格差」や「貧困」が自己責任論によって社会問題化を免れるという解釈の文脈も提供され、より「下層」のものの所在を示すことによる安堵がサービスとして提供される傾向さえある。それ故、弱者を救済せよという言説よりは、石を投げよという言説の方が支持される傾向にある。そういう記事や投稿は「いいね」やリツイート数を稼ぐことで承認欲求を満たされるだけでなく、対価も獲得する。「疎外」の隠蔽が愉悦と同時に「労働」となるわけだ。Webは、マウントする側にこの種の負の多幸感（ユーフォリア）を与えるコンテンツの物語消費論的生成に適してもいる。

他方、疎外される側にユーフォリア（多幸感）を与えるという手法も定型である。それは例えばギグワーカーへの賛美として典型的なものだ。「働き方改革」の下、フリーランスや個人事業主が推奨され、それが「社員」とは別の新しい労働者のアイデンティティのように喧伝される。Amazon の配達員や Uber の配達員などが個人事業主であることはよく知られる。「働き方改革」においては、自立し、自由な働き方の担い手として持ち上げられる。個人事業主やフリーランスになることが「何者かになる」という自己実現にすり替わる経済記事は web にあふれていて、自己啓発向けビジネス本としても Amazon に並ぶ。「疎外の幸福化」の隠蔽のためのロジックが自己啓発書などの商品にさえなっているわけだ。

だが、言うまでもなく、労働者の個人事業主化のメリットは、雇用主にとって手軽な労働人員の調整、雇用保険や厚生年金の負担の忌避にとどまらない。何より、サービス提供者への企業としての責任から解放される仕組みなのである。個人事業主が替わってその責任を負う。Uber の配達上のトラブルは Uber Eats という企業でなく個人事業主である配達員の責任である。賃金労働を事業化し、生産性の上げようのない個人事業主は、企業から「疎外」されながらその「疎外」を自らの事業の責として負う仕組みである。だから「働き方改革」で推進されるのは企業と労働者の関係が雇用から個人事業主への事業委託という商取引に変わることで、企業を労働者に対する責任から解放し、「搾取」のみ行う機関に変容させることに他ならない。

このように従来型の「労働者」を企業が抱え込まなくなれば必然的に企業は個人事業主のためのプラットフォームへと変化する。

コロナ対策やオリンピック事業で広告代理店の「丸投げ」「中抜き」が問題となったが、ギグワークのプラットフォーマーは、その最末端に位置付けられる個人事業主である。手軽な求人アプリなどはそのプラットフォームによる「疎外」そのものを商品化しているとさえ言える。

それでも「やりがい搾取」という言い方があるぐらいだから、「疎外」は意識されている。個人事業主化されても、ギグワークでは手取り賃金の絶望的な劣悪さによって「搾取」は最低限、「実感」される。それはギグワーク的「労働」は多くが「搾取」されていることが実感できる旧「労働」の形態を保っているからだ。法的・契約的に身分のすり替えがなされている事実も契約の文言で確認できる。

だから、機械の発達が人間の営みとしての労働を機械制大工業への隷属という「疎外」に変えたのだというマルクス主義的な前提を踏まえれば、「ギグワーク」はプラットフォームという「機械」に労働者が隷属することで発生する「疎外」としか呼びようがないことは、まだしも理解し易い。「機械」がチャップリンの『モダン・タイムス』に出てくる大型工業機械ではなくスマホのアプリである、という「違い」に気が付けばの話だが。

しかしプラットフォームへの隷属は全てが「労働」としては見え易いものではない。このようなプラットフォームによる疎外の拡大とその透明化は、労働でなく、消費や創造的行為、社会参加、日常の身振りに「擬態」するからである。

繰り返すが、本書が中心的に説くのはそのような「疎外」の所在である。

そのことをもう少し整理する。「物語消費論」「物語労働論」では創造的参加に擬態させられた消費及び労働の問題としてその所在を示した。即ちマルクス主義が労働の本来を人間的な営みとするなら創造も同様であり、価値の生産という点で実は労働に近似している（というより本来、区分し難い）ものである。手工業時代の「製品」が工芸品と区分し難く、職人がモノをつくるという行為に於いて労働と創造は区別し難い。しかし労働が個人の想像力の発露としての側面を「機械化」によって失うことで労働と創造は区分される。それが仮りに「芸術」や「文学」と呼ばれれば、審美的なものへの無償の奉仕として理念化されることがある。この「理念」の部分の切り取りがweb倫理の一つとしての「嫌儲」の根拠にもなっている。しかし、作者が「固有性」を持った「個人」であるという前提は、「作者」に機械化された労働よりはるかに大きな余剰価値が担保される。例えば「印税」が保証される。また「個人」という近代モデルの達成者としても「作者」は賛美されもする。

だが『物語消費論』では、創造的行為に見えるものが消費のエコサイクルに組み込まれ、「物語労働論」では、フリーレイバーとして無自覚な搾取の対象となっていることを示した。こういったプラットフォームに於ける見えない「労働問題」は、近年、日本で研究対象となりつつあるファン文化論との関わりで考えておくことが必要だ。

「物語消費」は「二次創作」者が一次商品の消費を前提とする点で「消費者」であるとしたが、彼らは二次創作することで一次商品の市場拡大維持にも参加している点で「労働者」でもある。「二次創作」から著作権料を原則的に回収しないのは同人誌に於ける二次創作が「同人誌」という価値を生み出している一方で、無償のマーケティングであり、市場拡大に寄与する経済活動だからである。あるいは二次創作的参加が自身の消費モチベーションともなる。

しかし「二次創作」に於ける「創作」という語の普遍化、他方でのイアン・コンドリーやヘンリー・ジェンキンズの、ファンによるコンテンツに対しての二次創作的参与を意味するcollaborateを、翼賛体制下のアマチュア創作者のファシズム体制への創作的参加を意味する「協働」と翻訳する傾向は（コンドリー、2014、ジェンキンズ、2021）、ファン活動の「労働」性を見えにくくし、「日本文化」への参与者としてすり替える言説にさえなっている。「協働」を日本文化の特質とする言説が流布しているからである。

この見えない「労働」は「創造」の喜び、つまりクリエーターとしての「つくる」快楽や承認欲求、そのマネタリングとしての同人誌の売り上げといった「ユーフォリズム」に支えられる。その「快楽」は一方では、社会性を擬態し（「二次創作を守る」と称する保守政治家への支持など）、既存の出版システムや現実の経済活動からの「逃避」ないし「見せかけの自由」を含む。「見せかけの」というのは、コミックマーケット周辺で「表現の自由」が「二次創作の自由」と「性表現の自由」に限定されがちなことを指して言う。

言うまでもなく「二次創作の自由」は、第三者の著作権に依存していて、その法的なグレーゾーンはTPPの交渉やスクリーンショットに於ける著作権問題でも政権与党によって「例外」として担保されている。それが許されるのは二次創作がメディア産業の経済システムに従属しているからである。版権料を支払われず容認されることで制度により従順になる仕組みを自らつくり、それを擁護する政治勢力の支持者に二次創作者は政治的に誘導される。

しかし、現在では、まんが・アニメ・ゲームでもアイドルでも、こういった擬似創作的行為を含むファン活動そのものをエコサイクルとして組み込むことが前提である。そして参加型創造型プラットフォームに於ける「消費」の「創造」への錯誤は、「アイドル」に於いて顕著なのは言うまでもない。ファンが「推す」というファンの精神活動はCDやグッズの消費という経済活動によってのみ表出可能で、アイドルファンはそれを周知とは思うが、ファンがアイドルを「育てている」、つまりプロデュースしているというミスリードをも成立させる。こういった「人を育てる」型の創造的消費は女性とホストとの関係にも言えるかもしれない。

このような創造的参加は同人誌周辺に成立したマージナルな文化に見えながら、実際は著作権侵害のグレーゾーンの許容による「二次創作」や、あるいは同人誌活動を伴わなくともアニメーションの舞台の聖地巡礼など、参加者の創造的能力に応じて段階的に用意されて、拡張している点で特徴的である。自然発生的なこれらの創造的参加は、聖地巡礼なら、今や、最初から巡礼先になるであろう場所が自治体の村興しと連動してつくられる。事実、アニメの聖地巡礼であればKADOKAWAが実質主導する一般社団法人アニメツーリズム協会が自治体の予算とコンテンツ企業をつなぎ「巡礼」のエコシステムへの回収を担うプラットフォームとして設立され、自社作品を中心とする「聖地」の選定がなされている。自然発生的なファン活動はこのように直ちにコンテンツ企業のエコシステムに回収されるのである。

このようにファンは能力に応じてサービスの用意されたファン活動を行える（行わされる）仕組みとなっている。

これは何も穿《うが》った見方ではなく、KADOKAWAがドワンゴの吸収でプラットフォーマーへと舵をきった時、「ファンコミュニティ」の「コンテンツ化」「収益化」を明言していたエコシステムの「実装」に他ならず、今や、これら創造的消費、参加型消費はプラットフォーマー化しつつあるコンテンツ企業のエコシステムに最初から組み込まれている。

そもそもファン文化の創造性を賛美する言説は先の「協働」論以降、絶えない。そもそも翼賛体制における協働（あるいは「協同」）とは「素人」「アマチュア」の創作者を企業ではなく国家との協働作業者として持ちあげ、総動員体制に組み込むものだ（昭和研究会、1939）。他方、北米ではジェンキンズ以降、一貫して存在しており、その参加型文化がweb上の民主主義と結びつき議論されてきた。2021年、ようやく翻訳された彼の本も、台湾の「ひまわり学生運動」でwebを通じた市民参加の実践者オードリー・タンの推薦で刊行され、ファン活動と政治参加をいささか楽天的に結びつけようとするのが気になる（ジェンキンズ、2021）。

『スター・トレック』のファンジンコミュニティの分析からweb以前の「参加型文化」にいち早くアプローチしたヘンリー・ジェンキンズは「参加型文化」の特徴をこうまとめた。

①アートの表現や市民参加に於ける参入障壁の低さ
②創造性と創作の共有を支える強い基盤
③経験者が未経験者に技能を伝える非公式のメンターシップ
④自分の貢献の自由性を評価する参加者の関与
⑤お互いに社会的な繋がりを感じる参加者の関与

ジェンキンズは同人誌などへの参加は、同時にファンコミュニティへの参加であり、そこでは表現することと、表現するための「知」や「技術」の共有や啓蒙が行われ、それらが一つの「環境」を形成していると考えた。この枠組みをそのまま政治参加やカウンターカルチャーの生成に結びつける楽天さがジェンキンズの長所ではある。

ジェンキンズが考える枠組みはそもそも民主的であり、個々の参加者の関係は相互的であり、中央集権的ではない。これはファンジンやファンコミュニティだけでなく、そのままインターネットのポジティブな可能性でもある。インターネットもかつてはこの中央集権的でないことが重要視された。しかし、言うまでもなく、商業化されたプラットフォーマーは中央集権的である。ファンフィク（二次創作）は、今やプラットフォームが中央集権的にトランスメディアストーリーテリングを管理する。そして現在のぼくはこのような動員モデルに参加型ファシズムを見出す。つまり反民主主義的装置として機能すると考える（大塚、2018）。

ぼくがジェンキンズの援用によるファン文化の賛美にさほどの可能性を見出さないのは、それがあらかじめ、あるいはその都度プラットフォームのエコシステムに組み込まれ、ファン参加によるコンテンツやプラットフォームの構造に「揺らぎ」を与えることがあるにせよ、それは、むしろプラットフォームやコンテンツを適宜、更新させ得るものである点だ。ジェンキンズは、ファンの創造的プラットフォームのあり方と企業の収奪のための中央集権型プラットフォームとの「衝突」による可能性を論じるが、それは参加型ファン文化を過大評価している印象が拭えない。

なぜなら、プラットフォーマーは、ファンのより良い従属とその期間を継続的にしていくために「ユーザー」への「快適さ」を保証するからだ。つまり「聞き分けのいい」プラットフォーマーを装うことで、聞き分けのいいユーザーにファンを「順化」させるのである。

しかし「隷属」の問題を考える上でやはり、重要なのはその「見えなさ」の問題である。フリーレイバーをめぐる議論の初期から、SNSに「投稿」するだけでなく、RTというコンテンツの流通・複製への参加や「いいね」などの意思表示、プラットフォーム上の行為は全て価値をプラットフォーム側に産むという指摘はなされていた。しかし人は、webに於けるその「情報的ふるまい」を生産価値を産む「労働」とは思えない。繰り返すが、その「思えなさ」がプラットフォーム上の労働問題を見えにくくしているわけである。

そして、こういう「思えなさ」の問題は、「情報的ふるまい」が「労働」に見えないだけでなく、労働を搾取するエコシステムの「見えなさ」にある。多くのプラットフォームは、快適なサービスや情報を提供するように常に更新され、ストレスを減らす努力を怠らない。また、エコシステムそのものは可視化されにくい。多くの場合、「そこ」にあるのはデバイス上のアプリに過ぎないからだ。つまり、ここに問題があると「名指し」し難い。

その「見えなさ」に対して「名付け」をしてアイコン化したのが、別の章で問題とした「ルーサー・ブリセット」だったわけだ。かつてブリセットは彼の権利をこう陳述した。

私はいつもテレビ、映画館、ラジオに、カジュアルな通行人として、または風景の要素として出演してきたが、私のイメージへの対価は支払われてない。(中略)私が作り出した確かなコミュニケーションの影響下にあるすべての言葉や表現は、放送、広告スローガン、それこそ、パッケージ化されたアイスクリームの名前にさえなったがリラを得ることはなかった。私が対価をうることなく、私の名前と個人データが統計計算で無料で機能し、需要に適応し、マーケティング戦略を定義し、私にとってこれ以上、異質なものはない、企業の生産性を向上させるために、常に使用されている。私がいつもTシャツ、バックパック、靴下、ジャケット、水着、ブランドのタオル、商業スローガンを身に着けていることで、私の体は看板として使われながらその使用料は支払われていないのだ。

(BLISSETT, 1995)

つまり、高度消費社会に於いて、そこで私たちがただ「生きる」こと自体が「労働」であり、私たちは無自覚に「搾取」されている、という「問題」の所在とそのような「制度」への「名付け」として、ルーサー・ブリセットがあったことが改めて確認できる。プラットフォームによるビッグデータの収集というビジネスの成立した現在、ようやく、あのサッカー選手の名を偽装した「オープンポップスター」の正体を私たちは知ることができるのである。ブリセットは搾取される私たちであり、だからブリセットは「たくさんいる」ことが必要だった。

しかし、今やブリセットの名は、忘れさられている。だから、ブリセットが「プラットフォーム」の比喩だとしても、例えば私たちは自分がTwitter社に「労働」を搾取されている「たくさんのブリセット」とは思わない。

だから、渡邊博史や青葉真司の「事件」で立論されるべきは、彼らはプラットフォーム的なものが体現した新しい社会のアイコンとしての人気作品の関係者を脅迫し、アニメ会社に火を放ったという犯行の枠組みである。渡邊の事件、青葉の事件の双方に共通するのは、既に述べたように、これが新しい社会システムへのテロリズムだという側面がある点だ。

当然だが、渡邊や青葉の犯罪を企業テロと見なす論調は皆無に等しい。しかし、彼らがテロの対象としたのは、かつてルーサー・ブリセットと名付けられ、KADOKAWAが示したファンコミュニティの回収のためのエコシステムと同じものである。冷たい言い方に聞こえるかもしれないが、その象徴として「被害者」は個人としてでなく、可視化された「システム」の部分として、ターゲットとなった。そこに全くの正当性もなく、彼らの行為に肯定的評価を与えるつもりは全くないが、渡邊が『黒子のバスケ』の作者そのものへの意図に端を発しつつ、脅迫の対象がイベントや二次創作、つまりメディアミックス的なエコシステム全体に向かい、青葉もまた自らをアニメーション産業のエコシステムからの疎外者として自己認識し、個別の人間でなく京都アニメーションという企業とそこに働く人々を標的とした。そして、繰り返すが、それらは、新しい資本主義下に於ける疎外のシステムの「象徴」として選択されたと言っていい。

川上量生はKADOKAWAとニコニコ動画の合併がアナログとデジタル双方のプラットフォーマーの統合だと記者会見でかつて主張したが、渡邊や青葉が直感的に標的にし得たのはアナログ領域における「プラットフォーム的なもの」だったと言える。アナログなプラットフォーマーの方が、場所や人や物が「リアル」の側にある分だけ攻撃しやすいのである。そのことは、1974年から1975年にかけての企業連続爆破が、かつてアジアを侵略し、未だに経済的侵略を続ける日本の資本主義システムのアイコンとして、三菱重工などの企業と従業員が標的にされたことを思い起こした時、鮮明になる。そこにも何ら正当性はないし、企業連続爆破事件の場合は犯行グループのメンバーが、この資本主義システムから収奪され疎外されたわけではない。彼らはその一方的な「代行者」に過ぎない。

他方では渡邊・青葉は「私怨」に貫かれ、「公的」な動機はないに等しい。しかし、いずれも「破壊」の対象となったのが「個人」ではなく、企業や関係者にアイコン化された「システム」である点で共通であり得る。しかし、彼らの敵意は本質の部分では、企業が体現する経済システムに向けられる点で共通だと言える。

渡邊の憎悪の対象が「作者」に留まらず、出版社や同人誌イベントに及ぶ『黒子のバスケ』の周辺に成立したエコシステムであったように、青葉の憎悪もまた自らを「疎外」した「京アニ」というエコシステムであった。しかも青葉の「疎外」は、京アニ主宰の新人賞の落選と彼の主張するところの「パクリ」であった。即ち自分はそのエコシステムに参画する権利があるのにそれを認められなかったというもので、たまたま作者とバスケの経験があり、進学校に通い、まんがを描くといった程度の共通の属性で、エコシステムの中心たり得なかったことに不条理を感じた渡邊より直接的である。

これらの議論の中でぼくが改めて注意を促したいのは、私たちを疎外している社会システムとそれを表象する企業は大きく変化している、ということだ。低賃金の過酷な労働という古典的な労働問題でも、Amazonやユニクロがノンフィクション作家の潜入取材の対象となっているように、プラットフォーマーとしての側面を強く持つ企業の生産性の追求が旧来型（と言っていいのかは本当はもう少し検証が必要だとしても）の労働問題に於いても新たな要因となっている。しかし、渡邊や青葉がより「新しい」のは、彼らがプラットフォーマーで低賃金労働者として「働く」ことによる「疎外」ではなく、彼らのエコシステムへの「物語労働」的参加、ルーサー・ブリセット的な立ち位置がそのままに「疎外」となり得る仕組みの所在が見てとれるのである。

渡邊の場合、そのエコシステムはプラットフォームとしての輪郭は捉えにくく、青葉が狙った京アニはプラットフォーマーへと移行しかけたアニメーション企業であり、いわゆるGAFAと比すとあまりに小さい。だが、そこからプラットフォーマーによる疎外とテロリズムという枠組みを正確に引き出しておかないと事件が見えにくくなる。彼らは明らかにエコシステムから「疎外」されたのである。その「疎外」は同人誌活動であったり、あるいは「投稿」であったり、それを支えるコンテンツの消費である。青葉の「パクり」

主張は的外れにせよ、何か自分は広義な意味で搾取されてはいないか、という疑念が被害妄想に近いにせよあったのではないか。とはいえ、彼らはテロリズムの相手を誤認した可能性が高い。彼らを搾取し疎外しているのはwebを軸にファン活動のマネタリングのエコサイクルであるが、システムそのものに見えないので「標的」を定め難いのである。

事例がやや極端な例となったが、webに於ける人の行為そのものがプラットフォームへの見えない隷属と化した時、何が起きるのか。言うまでもなく、それこそが「疎外」である。渡邊や青葉の「怒り」は正確に言えば彼らが自らを組み込んだエコシステム／プラットフォームの「ユーザー」ではなく管理者の側に行けなかった不満である。しかし、その前提には従順なプラットフォーム／エコシステムの参加的消費者としての彼らがおり、青葉が犯行前に京アニの聖地巡礼を行ったと報道されたことはうなずける。それは例えばUberの配達員がいくら働いても個人事業主としての充足を得られなかった時に表出するかもしれない「怒り」とも似ている。それは「隷属」を「参加」と言いくるめることができたことで生じる破綻である。ファンと作者、個人事業主と企業を「同じ」と言い繕いつつ、そこには歴然として越えられない「階級」がある。しかし、労働者はファンや個人事業主として「名付け」されているので「階級」としての「名」はない。

しかしこのような透明化された「階級制」への抗議が、政治活動やましてやテロリズムとして行動化されるのは、極めて例外的である。せいぜいがプラットフォームの「乗り換え」で済まされる。渡邊が『黒子のバスケ』に拘泥せず、アイドルグループの名を挙げてそのファン活動にとどまるという選択肢があったことを「後悔」しているのは、そういう意味である。

「疎外」の「見えにくさ」の要因としては、繰り返すがこのような「疎外」がそもそも実感されにくい問題があるわけだが、その根底には、「疎外」が、人間存在を機械システムに隷属させ、人間性を剝奪することを意味するとすれば、一見、創造的参加という主体性や人間性を担保するそぶりを見せるプラットフォーマーが人から奪う「人間らしさ」とはそもそも何かと次に考える必要がある。つまり、「疎外」の見えにくさの中には、「人間らしさ」の変容がある、と考えてみなくてはならない。

既に「ユーフォリア」という語で形容したように、プラットフォームは「創造」だけでなくあらゆる欲望を快適に叶えてくれる。SNSではフォロワーの数や炎上さえも承認欲求を満たす。ユーザー間の商行為を可能にする。ヘイトやポルノグラフィーによる暗い充足も与えてくれる。常にポイント還元がなされ、クレームも簡単に投稿できる。そういうオンライン上の「ユーフォリア」を与えることにプラットフォームは熱心である。

このような「ユーフォリア」の対価としてプラットフォーム参加への会費をとるサービスもあるが、しかし私たちが差し出すのは会費やフリーレイバーの投稿に留まらない「個人情報」や「ふるまい」そのものであることは既に示した。それが私たちの意識しない「ルーサー・ブリセット」性である。

しかし私たちが「ルーサー・ブリセット」として差し出すものは、私たちの更なる「ユーフォリア」のために用いられる、とプラットフォーマーは説明するだろう。「購入履歴」や「閲覧履歴」によって勧められる商品ニュースにバイアスがかかることで、私たちのデバイスを最適化し私たちの「ストレス」を軽減しているように見えるが、当然ながら、それは逆で、プラットフォームに合わせて私たちは自分たちの趣味や嗜好をむしろ最適化してしまえる。つまり、不快なもの、思考の枠外にあるものを排除し「ストレス」から守られることに私たちは慣れてしまっている。しかし、その「快適さ」は私たちが個人情報を切り売りしたことの結果である。無論、「売った」自覚は私たちにない。

そのことだけから早急に結論は出せないが、やはり私たちの「個人情報」に対する生理的な感覚が変化してはいないかと考えることが必要だ。そのことは、私たちの「人間らしさ」や突き詰めれば「人権意識」の変化とも関わっていないか。

そのためには、そもそも個人情報とは何なのか、個人情報が何故保護されなくてはならないのかと、改めてお復習《さら》いしておいても無駄ではない。

手っ取り早いところで、Wikipediaで「個人情報」の定義を改めて確認してみよう。そこには三つの定義が示されている。「アメリカ国立標準技術研究所ガイドライン」「EU一般データ保護規則」「個人情報保護法第2条（日本）」の3例で、北米、EU、日本の「個人情報」観の具体例としてひとまず理解し、比較検証してみる。

①　組織（agency）によって保全されている個人に関する任意の情報で、以下のものを含む

1．個人の身元を識別したり追跡したりするのに使うことができる任意の情報。たとえば名前、社会保障番号、誕生日や誕生した場所、母親の旧姓、生体情報。

2．個人にリンクされているかリンクすることができる他の任意の情報。たとえば医療、教育、財政、および雇用に関する情報。（アメリカ国立標準技術研究所ガイドライン）

②「個人データ」は、識別されたまたは識別可能な自然人（「データ主体」）に関するすべての情報を意味する。識別可能な自然人とは、特に、識別子（名前、識別番号、位置データ、オンライン識別子といったもの）を参照するか、または当該自然人の一意性（身体的、生理的、遺伝的、精神的、経済的、文化的、または社会的なもの）に固有な1つ以上の指標を参照することで、直接的または間接的に、識別ができる者をいう。

（EU一般データ保護規則）

③この法律において「個人情報」とは、生存する個人に関する情報であって、次の各号のいずれかに該当するものをいう。

一　当該情報に含まれる氏名、生年月日その他の記述等（文書、図画若しくは電磁的記録（電磁的方式（電子的方式、磁気的方式その他人の知覚によっては認識することができない方式をいう。次項第二号において同じ。）で作られる記録をいう。第十八条第二項において同じ。）に記載され、若しくは記録され、又は音声、動作その他の方法を用いて表された一切の事項（個人識別符号を除く。）をいう。以下同じ。）により特定の個人を識別することができるもの（他の情報と容易に照合することができ、それにより特定の個人を識別することができることとなるものを含む。）

（個人情報保護法第2条）

二　個人識別符号が含まれるもの

こうして見た時、そもそも前提となる人間観が微妙に異なることがわかる。①は「個人」を所与のものとして、個人情報をその「個人」の識別可能な情報、及び「個人」と紐付け可能な情報として定義しているのに対して、②はそもそも「自然人」が主語になっている。この「自然人」というのは、例えば戦後憲法制定時のGHQによる議論の中でも主語として検討されたもので、「人権」と深く結び付く。その結果、「個人情報」は、アメリカ的な意味での「情報」としての「識別子」と、人間の身体、生理、遺伝といった生物学的な情報や経済・文化・社会に関わるより広範なものを含み、後者は広く「人権」として敷延されるものだ。つまり「個人情報保護」とは②に於いては、より「人権」と不可分にある。

③の日本では「生存する個人の情報」の内「氏名、生年月日その他の記述」と「個人識別符号が含まれるもの」、つまり①②に比しても狭義の「情報」である。

では、日本の個人情報保護の概念と人権との関係はどうなっているのか。

それは個人情報の保護に関する法律の総則に「個人情報を取り扱う事業者の遵守すべき義務等を定めることにより、個人情報の適正かつ効果的な活用が新たな産業の創出並びに活力ある経済社会及び豊かな国民生活の実現に資するものであることその他の個人情報の有用性に配慮しつつ、個人の権利利益を保護することを目的とする」とあることに見てとれよう。優先されるべきは「産業の創出や社会生活活動」であり、それに「配慮」し、その範囲内で「個人の権利利益を保護」する、というものだ。つまり「個人情報」を産業化する産業界のニーズがある。「人権」という用語は忌避されるだけでなく「経済」が優位に置かれる。これは「デジタル社会形成基本法」の「目的」を参照しても明らかである。

この法律は、デジタル社会の形成が、我が国の国際競争力の強化及び国民の利便性の向上に資するとともに、急速な少子高齢化の進展への対応その他の我が国が直面する課題を解決する上で極めて重要であることに鑑み、デジタル社会の形成に関し、基本理念及び施策の策定に係る基本方針を定め、国、地方公共団体及び事業者の責務を明らかにし、並びにデジタル庁の設置及びデジタル社会の形成に関する重点計画の作成について定めることにより、デジタル社会の形成に関する施策を迅速かつ重点的に推進し、もって我が国経済の持続的かつ健全な発展と国民の幸福な生活の実現に寄与することを目的とする。（第1条）

そこには「国民の利便性」「国民の幸福な生活の実現」の文言はあるが、法文を通じて「人権」の語はない。むしろ「個人情報の有用性及び保護の必要性を踏まえた規制の見直し」（第26条）は「規制」の緩和をはかるなど、「人権」概念は希薄である。代わりに「個人及び法人の権利利益の保護等」（第10条）の条項があり、「個人」と並び企業の権利利益が条文上対等に置かれるが、この法律そのものが「デジタル社会の形成」に「民間が主導的役割を担う」（第9条）ものである以上、これもどちらかが優先されるかは明らかである。この法律はデジタル化の自由のために「個人情報」を含む「人権」をいかに制限するかが目的に他ならない。

これらの条項はプラットフォームがいかに「自由に」個人情報を回収し管理しマネタリングするかの推進に第一義的な目的があるが、重要なのはそれが「デジタル社会形成基本法」、つまり将来社会の基本設計であるという点だ。つまり、本論が危惧する誰もがルーサー・ブリセット化する社会が法律のレベルでは既成事実化していることがわかる。

そこでは「個人情報」利用の経済活動での「自由」化と、それを制限する「人権」の後退が対になっていると言える。そのことは私たちがプラットフォームに何を差し出すのかという立論と当然、関わってくる。言うまでもなく私たちが差し出しているのは「個人情報」である。しかし「個人」を「自然人」とした時、それが広義の「人権」概念と等しいものである、ということは既に見た。私たちはプラットフォームにその都度「識別子」化された「個人情報」を「無料」や「快適なサービス」や「ポイント」を対価に差し出すことに慣れている。それは事実として「人権」の切り売りに他ならないが、そのような危機感は説得力を持ちにくいだろう。

例えば、ゼロ年代辺りを境に「人権」が「サヨク」として唾棄される傾向がつくられてきた世論と、この「人権の切り売り」可能な「デジタル社会」のあり方は当然、無縁ではない。そこには整合性がある。恐らくぼくがこの文章の中で「人権」の語を用いた瞬間、生理的嫌悪を感じた人が相応にいただろう。その「嫌悪」と「デジタル社会」の人の固有性や自由を制限することは表裏一体なのである。「人権」は既にイデオロギーではなく「経済」の問題なのだ。だから、私たちは「人権」を嫌悪することでルーサー・ブリセット問題を社会が立論させない方向に舵きりした、と言えるかもしれない。

他方、ぼくの言う「現在のルーサー・ブリセット問題」そのものが、大袈裟であり無理筋な議論だという声は当然、あるだろう。そうやって差し出された「個人情報」など、せいぜい「個人」、つまり「人権」のカケラに過ぎないではないかと。

しかし、一つ一つは些細な情報でも、例えば、TSUTAYAなど諸々のポイントカードや電子マネーのカードに、web及びリアルを含む、多様な業者が相乗りすることで個人の日々のふるまいがプラットフォーマーに蓄積されていく。「個人」「人権」のカケラは紐付けられることで、私たち自身一人一人の「個人」の「情報」としても、ビッグデータという「集合」としても集積されてしまう。そういう現実を私たちは生きている。コロナ禍に於いて「物流」ならぬ「人流」という語が行政の側から用いられたのはもはや彼ら統治者は「社会」をビッグデータとして見ていることの一つのわかり易い指標だった。

こういった「人権」の「機械」による剝奪をこそマルクス主義がかつて「疎外」と呼んだことを思い起こした時、やはり、これもまたプラットフォームによる「疎外」に他ならないはずだ。しかし、無料のコンテンツやわずかなポイント、プラットフォームの快適さなどを伴うことでそれは適切な「対価」を充当されていると錯誤する。個人情報の蓄積は「個人」を監視する古臭い監視国家ではなく、ビッグデータの活用による快適な社会形成だ、という世論誘導さえ、なされる。

しかしこういったプラットフォームによる「疎外」を問題としなくてはならないのは、既に「デジタル社会形成基本法」に言及したことで明らかなように、プラットフォームは次の「社会」及び「国家」の形だということである。「国家」がそこにある以上、対立軸としての「個人」は当然、存在する。存在しなくてはいけない。

それでは社会、あるいは国家のプラットフォーム化とはいかなる事態か。

その具体例が地方創生のための国家戦略特区として構想された「スーパーシティ」構想や、それを受けてのトヨタの「Woven City」やNTTコミュニケーションズの「Smart City」である。これらは国家のプラットフォーム化の準備である。TVのCMなどではアニメの未来都市程度の酔狂にしか見えないが、日本ではまた手をつけたばかりとはいえ、国外に於いては中国の習近平政権と巨大プラットフォーム企業の「闘争」が始まっていて、どちらがどちらを呑み込むかは別として両者の一体化に向かう大きな流れにあることを示している。

日本に於いては、国家のプラットフォーム化の準備は、主としてマイナンバー政策で推進されてきた。マイナンバーは、①法案提出された時点では、社会保障分野に於ける行政事務に限定されていたが、②それ以外の行政への拡大、③そして民間利用を含めた拡大が当初から計画されていた。現在は②及び③への過渡期であることは、コロナ禍に於ける給付金の支給、運転免許証や健康保険証との一体化案、マイナンバー取得者へのポイント付与などに具体的に見てとれる。今のところ、日本に於ける国家のプラットフォーム化は、コロナ禍のポイントの乱発という、国家のTSUTAYA化という愚政にのみあらわれているが、富の再分配や賞罰がポイントの付与や減点でなされる社会へのそれは布石に他ならない。

事実、中国では、信用スコアとして実装されている。「社会信用システム建設計画要綱」(2014)で、中国は2020年までに個人の信用の点数化を開始した。それは企業に対する消費者の信用情報と受けとるサービスの範囲として始まり、ローンの組みやすさや公的機関での優遇がなされる。他方で低ければ高速鉄道や航空機の利用制限がある。この計画に先立ち試験的に行われた地方自治体の信用スコア実験では、融資の返済、納税だけでなく「政府や企業を包囲した活動」「邪教の活動への参加」という思想信条の自由も減点の対象になっていた。注意すべきは、こういった減点が日々の生活へ諸々「不便さ」として跳ね返るが、それは「弾圧」というよりちょっとした快適さの後退としてあることだ。それが、大抵の場合は、行動制限としては有効で、高速鉄道利用の便利さと引き換えに政治的発言の矛を収めることで人は信用スコアを上げることを選択する。

現在、日本では、マイナンバーへの紐付けされる情報が拡大する一方、マイナポイントは各種電子マネーのプラットフォームとの乗り入れが行われている。かつてマイナンバーと同様の制度が国民総背番号制と呼ばれ「人権」問題であったのに比して、今は5000円のポイントで「人権」を「国家」に切り売りすることに躊躇がない。マイナンバーカードに信用スコアが「獲得ポイント」として含まれる社会は遠いことではない。「人権」意識の後退こそが、デジタル社会形成に不可避であることがわかる。

コロナ禍で政府が「ポイント」のバラマキを行ったことをぼくは皮肉を込めて国家のプラットフォーム化と呼んだが、給与の「ポイント」による支払いを企業に認めることは、「使う側」の利便性でなく個人の経済活動そのものを給与の支払い以降、納税に至るまで、マイナンバーに紐付けすることを可能にするものだということは忘れるべきでない。

その「プラットフォーム国家」の「社会」への実装実験としてのスマートシティは、地域のインフラの一部にAIなどのデジタル領域のインフラを実装するものだが、しかし同じく実装実験としてのスーパーシティは「データ連動基盤」、つまり個人情報を含むあらゆる住民情報の統一的利用を目論むものだ。

そこで起きるのは、「人間」、あるいは「人間らしさ」の本質的な書き換えである。

つまり「自然人」としての「人間」から情報化された「人間」への書き換えである。そのことは逆説的にトヨタの Woven City 構想が「ヒト中心の街」を目指すという言い方、あるいは内閣府スーパーシティ構想の「住民とコミュニティが主役」といった言い方に示されている。「ヒト中心の街」とは、個々人に最適化されたサービスの提供を意味するというふれこみだが、その運用の対価が個人情報という「デジタル化された人権」のプラットフォームへの全面移譲である。既に個人情報や権利に於いてプラットフォームの実質的優位の流れがあり、他方で「人権」意識の希薄化が並走するが、プラットフォームが国家と一体化した時、私たちは行政サービスの対価として個人情報を全面的に国家という「プラットフォームのプラットフォーム」とこれを下請けする個別のプラットフォームに差し出すことになる。

内閣府の示したスーパーシティの先駆的事例が12例挙げられるがうち4例は中国2例、シンガポール、アラブ首長国連邦各1例であることは注意していい。それらは「柔らかな独裁国家」という点で一致する。「柔らかな」という言い方は中国の対外的パブリックイメージとは乖離するように聞こえるかもしれないが、「信用スコアのもと、個人情報」を国家の管理下に置くことを承認する限りに於いて、中国はかなり快適な行政サービスが受けられる社会へと変容しつつある。それは「人権」意識をヨーロッパに比して気楽に放擲しつつある日本にとってそう遠くない距離である。

スーパーシティ構想は経済特区によって推進されるが、その条件として「推進機関」に「強力な権限」を与え、「住民の合意形成を促進・実現できる、ビジョンとリーダーシップを備えた首長」の存在が挙げられ、それが「ミニ独立行政」と形容される時、スーパーシティの名の下に設計される社会がソフトな独裁国家に近づくことは充分に予想される。

注意していいのは「住民参画」をわざわざ挙げることだ。

住民が参画し、住民目線でより良い未来社会の実現がなされるように、ネットワークを最大限に利用する。

住民のコミュニティが中心となって、継続的に新しい取り組みがなされ、改善が進められるような新しい住民参加モデルを目指す。

（「スーパーシティ」構想の実現に向けた有識者懇談会、２０１９）

そもそもスーパーシティが自治体であれば、住民参加は議会によってなされるべきである。しかし、この場合は種々の行政サービスへの提案や参加は議会を介してというより住民の共助や自治体との「協働」に近い。内閣府のスーパーシティ構想では「投票」という住民参加の手続き、つまり従来型の民主主義への言及が不在であり、それは「合意」形成をプラットフォーマーが代行するからに他ならない。ユーザーの要求に応え快適さを担保し続ける仕組みさえあれば、選挙や議会は形骸化しても構わないのである。

そこでは「人」は、対国家に於ける「主権者」から「プラットフォーマー」に対する「ユーザー」へと変化する。個人は日々、個人情報をプラットフォーマーに提供し、サービスは確かに最適化されるが、私たちが接する情報系は私たち向きにカスタマイズされ、私たちは私たちの思考の外に出ることが思いつかなくなる。ぼくはコロナ禍で「私」の「生活領域」に公権力が入り込んでくることに人々が順応することを「暮らしのファシズム」と呼んだが、それをプラットフォームという新しい「公」はまさに「スマート」にやってのける。言うまでもなく情報のちょっとした操作によって民意は左右できるからプラットフォーム化した国家が形式上の投票システムを実装しても、見せかけの制度になる可能性が高い。つまり独裁化が「スマート」に可能にさえなる。

海外ではGAFAなど巨大なプラットフォーマーが国家と拮抗して存在し、中国ではアリババと習近平の「闘争」が示すようにプラットフォームと国家の統合が進行中である。日本ではGAFAやアリババのような巨大プラットフォーマーは存在しない。しかもTwitter社の日本法人やニコニコ動画を吸収し創業者から奪ったKADOKAWAなど政権に恭順である。デジタル社会の具体的推進を「民間」主体とすることで、公共事業や助成金の一部がリアルからデジタルへと移行するシナリオが描かれている。事実、スーパーシティ構想には国内の大手企業の殆どが名を連ねていて、中国や北米のようなプラットフォーマーと企業の緊張関係は生じにくいだろう。

そのようなプラットフォーム国家に於ける心地好いファシズムの体現に対し、そこに起きている、あるいはこれから起きる「疎外」を言語化し得るのは、今のところ旧世界の「人権」や「民主主義」といった概念以外、あり得ない。プラットフォームに合わせ「人権」や「民主主義」は新たにつくり直されるべきだ、という主張は、それ自体が私たちが既にプラットフォームに慣らされた証しである。

さて、私たちは進んで地面に叩きつけ、唾棄してきた「人権」を再び語り直すことができるのか。嬉々として、スマホゲームのキャラクターのように信用スコアを上げポイントを貯め、行政サービスを受ける社会の到来を待つのか。

選択権はまだかろうじて私たちにある。

かろうじて、である。

資料1

麻原彰晃はいかに歴史を語ったか——「土谷ノート」を読む

オウム真理教の人々は教団施設にいる子供たちにも、彼らの終末思想を教育していたようだ。オウムに関する報道でどうにもやりきれないのが、この子供たちに関するもので、一九九五年の暮れにハルマゲドンが来ると教えられた五歳の女の子は、だから自分は六歳になれないのだ、と言ったという。オウムの人々の限界は幼い子供に終末以外の未来を示せなかったところにある。

オウムの人々は来世なり、霊的な世界という形での「未来」を示した、と反論するかもしれない。だが、それは終末なり死なりを前提条件とする「未来」である。そうではなく、幼い子供たちの前に、彼らの当然の権利として開かれていなくてはならない「未来」は、あくまで「現世」に於けるそれのように思う。彼らが来世なり魂なりの領域で、どのような「未来」を描くかは彼らの自由だ。けれども、そのことは幼い子供から、六歳より先の未来を奪うことを正当化するものでは決してない。そのことは何度でも声を大にして言いたい。

そして、もし社会の側がオウムについて相応の責任を引き受ける必要があるとすれば、それはオウムの人々が子供たちに禁じた未来を、どうやって彼らに改めて示すことができるか、という一点に尽きるように思う。そのことには真摯でありたい。

だが、「未来」を示すという具体的手続きはひどく困難だ。その困難さは、むしろオウムの人々の手続きにこそ現れている。その意味で、オウムの失敗にまず学ぶべきなのかもしれない。

例えば、サリン開発の担当者とされる土谷正実の手による、いわゆる「土谷ノート」は、全文が『週刊朝日』一九九五年五月三十日臨時増刊号に掲載されているが、オウムの人々の歴史認識のあり方を知るうえで興味深い。ノートは四部構成からなるが、その内容が、土谷自身の考えを述べたものなのか、他の教団関係者の話を書き留めたものなのか定かではない。しかし、日本及び世界の近未来史に「土谷」という彼自身の名がキーパーソンの一人として登場するこのメモは、オウム真理教が示す歴史認識に、信徒個人がいかにして組み込まれていったのかを知る具体的な手がかりとなる。ノートはまず、麻原の裁判の過程で超能力の実在が証明され、日本社会が「一億総ＡＵＭ」化へ向かうと予測する。「一九九五年には国家の力をしのぐほど」になり、一九九六〜一九九八年には実質的にオウムが日本の国家にとって代わる。その一方で、オウムは「世界最高宗教」を目指し、九〇年代半ば、九〇年代末、二〇三〇年頃の三度にわたり、エルサレムに侵攻、イスラム教との宗教戦争を行う。

土谷はこの宗教戦争で大活躍する。「尊師」とともに捕らえられるが、オウムが軍を率いて救出に。その戦闘の際、土谷は「尊師を守るために二、三人なぐり殺す」活躍をする。そして三度めのエルサレム侵攻で土谷は、「尊師」とともに神殿を築く。しかし、エルサレム郊外で「尊師入滅」。なぜか土谷は、その教祖の死に間に合わない。麻原は「土谷はどこだ」と叫びながら死に、その直後にハルマゲドンが始まる。弟子の多くは次々と死ぬが、土谷は九十二歳まで生きて「千年王国の土台を築き上げる」が、最後は「異宗教徒の内部分裂により」殉死する。

何やら、SFアニメかテレビゲームのストーリーの概略のようだ。だが、その物語の中で土谷は英雄であり殉教者であり、つまり彼はオウムの語る近未来史の中で歴史化されている。「偉人」としての未来を約束されている。教祖の死に彼が間に合わないくだりや、長寿の果てに殉教者として恍惚として死んでいくくだりには、「偉人」としての未来が自らに示されたことによる彼の高揚がはっきりと見てとれる。

選ばれることへの渇望

オウム真理教が今日、その教義の中で示す歴史認識の手続きは、いわゆる「陰謀史観」

である。あらゆる歴史的な出来事を特定の機関の「陰謀」として理解する。その陰謀機関と自分たちは否応なく対立していく運命にあると考え、自らこそが毒ガス攻撃の被害者であり、米軍や日本の警察機構、あるいは仮谷《かりや》さん拉致事件で唐突に名のあがった創価学会は、すべてこの陰謀機関の手先である。この陰謀機関をオウムの人々はフリーメイソン、ないしは国際ユダヤ資本であると考えている。

通俗ビジネス書やオカルト本、そしてかつての広瀬隆の『危険な話』のような反原発書まで、ユダヤ人陰謀説に伴う書物が日本では平然と流通する。そのこと自体、戦後の日本人が歴史に対し、あまりに怠惰であったことの証しに他ならないのだが、この種の荒唐無稽な歴史観が、ユダヤの人々との歴史的関係を持たない日本で通用してしまうのは、なぜなのだろう。自らに都合の悪い事件をすべてユダヤ人の陰謀に帰結させる類のユダヤ人陰謀説は、一九世紀末のヨーロッパで浮上してきたようだ。ヨーロッパの精神史に巣くう反ユダヤ主義を母胎とし、近代化に伴う社会変容がもたらす諸矛盾をユダヤ人に帰結させることで生じた言説だ、という。しかし、そもそもキリスト者でない日本人や、仏教徒であるはずのオウムの人々が、西欧近代に歴史的に根差す「ユダヤ人陰謀説」を受容すべき歴史的背景はない。にもかかわらず、日本人はこの俗説を気軽に語り、オウムの人々はその歴史認識の根幹としてしまう。そこに歴史に対する日本人とオウムの人々の共通の無責任さを見てとるべきなのは言うまでもない。

そしてもう一点、「土谷ノート」を読んで改めて思うのは、オウムの人々にとって歴史とは、英雄なり陰謀機関なりの特権的な存在によってのみつくられるものだ、と考えられていることだ。「見えない大きな力」と上祐史浩《じょうゆうふみひろ》はしばしば口にするが、それは彼らの対峙する敵ではなく、彼らの希求する自己像のように思う。オウムの歴史認識は、自分たちの歴史に対する特権性を主張することに他ならない。

再び「土谷ノート」に戻ると、日本の近未来をこうも描いている。「天皇制がクローズ・アップされ、将軍家（徳川家…霊性の高い人が多い）がバックアップするようになり、その支援のもと、「自衛隊のクーデター」が起こる。しかし、これを「神仙民族」が鎮圧、千年王国の基礎を築く。「土谷ノート」に説明はないが、「神仙民族」はオウムと同一のものだろう。ここでも「霊性が高」かったり、特別な民族が歴史の変化に関与し、勝利者になるという発想がはっきり見てとれる。このように見ていくとオウムの人々の歴史認識のコアになっているのは、一種の選民思想ではないか。英雄ないしは殉教者としての「未来」を土谷に提示したのも同様で、そこには突出した個人のみが歴史を動かすという英雄史観が前提となっている。

そもそもオウムの出発点となる教義は、ハルマゲドンを阻止するために一人でも多くの最終解脱者を創らなければならない、というものであったはずだ。「解脱する」という内的な問題を、ハルマゲドンの回避という、いわば歴史的な位置付けをしたところにオウムの教義の妙があったはずだが、それは選民思想へと容易に崩れていく質《たち》のものであったように思う。

オウムの人々の歴史認識の背景に選民思想が基調としてあるなら、彼らのナチズムへの傾斜も納得がいく。オウムの人々は子供たちに「ヒトラーは英雄で、まだ生きている」という、これもオカルト誌もどきの歴史教育を施していたようだが、サリンをはじめとするナチズム的な武装を彼らが願望した背景や「ユダヤ陰謀説」の主張も含めて、オウムの人々の心の中に選民思想が混沌としてあり、それが『幻魔大戦』もどきの教義や、陰謀史観、ナチズム的なアイテムなどをサブカルチャーの領域から引き寄せたように思う。オウムの人々の精神世界の形成に、八〇年代の〈おたく〉系サブカルチャーが与えた影響は少なくないはずだが、『機動戦士ガンダム』にしろ『風の谷のナウシカ』にしろ、彼らと同時代のおたく文化にはアニメーションを中心に、奇妙な選民思想が基調にあったことは指摘すべきだろう。例えば『ガンダム』の「ニュータイプ」なる概念はその好例だ。それらで描かれた終末の光景とオウムの言うハルマゲドンの関連を指摘する声はいくつかあるが、それ以上に八〇年代のおたく文化に見え隠れしていた選民意識の方が気にかかる。この選民意識は、自分たちが選民である、という自負などではなく、選ばれることへの渇望ではなかったか。少なくとも、「土谷ノート」の行間からはそれを感じる。

主観による経験

とすれば、「選ぶ人」としての麻原が強大なカリスマを持つことも理解できる。「土谷ノート」によれば、麻原はハルマゲドン開始の日という、まさに、土谷の前に歴史が姿を現すその時に、「土谷はどこだ」と天を指し、彼の名を呼び、入滅する。土谷を選び、歴史につなぐ者としての麻原の役割が象徴的に見てとれるくだりである。オウムなり麻原なりが、土谷に与えたのは、「歴史」であった。しかし、繰り返しになるが、その歴史はあまりにフィクショナルなものである。他愛のないアニメやテレビゲームの物語以上のものではない。その程度のものを彼らはなぜ、歴史の代替物としなければならなかったか。

オウムの人々が信徒になるきっかけは神秘体験にあった、としばしば当人たちが告白する。その神秘体験が、修行のみならず、ヘッドギアや薬物といった触媒を通じてもたらされたとしても、その身体感覚は彼らに圧倒的な根拠を与えていたようだ。「土谷ノート」にも当人の体験ではないが、「K氏」の例として、夢に出てきた麻原の予言通りに紛失した財布が出てきたこと、交通事故で助かったのは麻原の力によることが記されている。なるほど、経験なり身体感覚なりを自らが帰属する歴史の根拠としていくという手続きは、説得力があるようにも思える。

だが、その経験はいわば主観による経験であることに留意すべきである。他者なり社会なりとの関係性の中で生まれた体験ではなく、触媒によってもつくり出すことが可能な主観的な経験であり、オウムという共同体内部では共有されるが、他者とは共有されない質のものである。こういった主観的体験を根拠にオウムの人々はあまりに早急に自らと歴史を結びつけようとした。その時、オウムの人々が決定的に欠いているのは、自らの体験を歴史へとつないでいく具体的な手続きであり、検証方法である。

オウムの人々に多少、同情的な書き方をするなら、今の若い世代は経験も歴史もあらかじめ奪われている、という解説も可能なのかもしれない。しかし、彼らが他方では、大人として教団の子供たちに歴史を語る立場にあった以上、幼い子供たちから「未来」を奪ったことの責任は免罪されない。

退屈な戦後主義を生きる

オウムの若い人々がフィクショナルな歴史に崩れていったことには、目の前の歴史に彼らが居場所を見出せなかったことが深く関わっている。英雄史観でも陰謀史観でもない歴史はひどく退屈で、ただの日常の集積である。その日常を経験し身体化することが耐えがたく、彼らはオウムという虚構の歴史的身体を求めたのであろう。けれど、あまりにつまらない結論かもしれないが、人が歴史に至る手だては、退屈な日常を経験し身体化し、言語化していくしかないではないか。

オウムの人々の歴史認識の危うさは、特権的な人間のみが歴史を動かしうるという考えを捨てきれないことだ。だが、政治家や知識人も含めて特権的な何者かが歴史を動かすわけではない、ということを戦後社会を通じて日本人は証明してきたではないか。それが戦後民主主義ではなかったのか。

阪神・淡路大震災やサリン事件をきっかけに、歴史の主導権を強い個人にゆだねるべきだ、という声がくすぶっている。戦後社会の到達点で、この退屈で平等な社会に耐えかねている人々が、自らに歴史上の特権を与えよと叫ぶのが聞こえてくる。そういう声に、大衆である、凡夫であるぼくたちはひどくもろい。大衆批判に快哉を叫ぶ大衆を、時代がどこにつれていくのかは過去の歴史が証明している。オウムが見せた欲望は、もうはっきりとことばにすべきだろう、ファシズムへの欲望である。その欲望を抑止するため、ぼくたちはこの退屈で平等な社会はそう悪いものではない、と戦後史を語り始めることができるはずだ。五歳の少女に社会が保証してやるべきことは、今日と変わらない明日が確実に訪れるということだ。それが大人たちの引き受けるべき最低限の責任である。

（1995・7）

資料2 「ビックリマン」と天皇制

キャラクターのシール集め

公正取引委員会の介入によって商品としてはピークを越えつつある「ビックリマンチョコ」は何度考えても奇妙な商品だった。子供たちの興味を誘ったのは言うまでもなくチョコレートではなくおまけとして添えられたシールであった。子供向けのお菓子がそのおまけによって子供の購買欲を刺激するという事態そのものは決して珍しいものではない。

十年以上も前の話になるが、『仮面ライダー』に登場する怪人をあしらったカードをおまけに付したスナック菓子が子供たちの間で爆発的にヒットしたことがあった。社会現象として浮上してきた側面のみを見てしまえば、この「仮面ライダースナック」のブームと「ビックリマン」のブームは酷似しているといえる。カード、シールというおまけの形態からして似ているのに加え、一枚につき一人のキャラクターがあしらわれ、商品を開封しない限り中にどのカードが入っているかわからない、しかも、極端に手に入りにくいカードが数点あり、これが子供の射幸心に訴えかけているという仕組みもすべて、一致している。カード集めに熱中するあまり、「ライダースナック」の時には、お菓子を買うとカードのみを取り出し、中身を食べずに捨てる子供が続出し、この点に大人たちの批難が集中するという形で社会問題化した。『小学一年生』平成元年三月号の別冊付録「ビックリマンひみつ大百科」の巻頭には「ビックリマン憲章」と題して、「私はチョコやアイス・スナックをおいしく食べながら、シールを集めることを誓います」と書かれている。このことからおそらく今回も、おまけを抜いたらお菓子は捨てる、という行動に子供たちが出ていたことがうかがえる。以上のように大人たちの目に映った子供たちの消費行動のみを見てしまえば、「ビックリマン」も一定サイクルで回ってくるブームの波の一つであったと結論されてしまうだろう。

しかし「ビックリマン」が「ライダースナック」と決定的に違ったのは次のような仕掛けを持っている点である。「ライダースナック」のおまけの怪人カードは、TV番組「仮面ライダー」に登場したキャラクターたちを描いたものであることは既に述べた。ところが「ビックリマンチョコ」の場合はあらかじめ「ビックリマン」というTV番組やコミックが存在したわけではない。現在（一九八九年当時）放映されているTVアニメ版「ビックリマン」や、児童誌に連載されているコミック版「ビックリマン」はチョコレートが大ヒットした後、これに便乗する形で始まった「二次商品」である。実はこの違いが重要なのである。つまり「ライダースナック」を買う子供たちは、既に熟知している「仮面ライダー」という物語に登場するキャラタターのカードを買っていたのに対し、子供たちが初めて「ビックリマンチョコ」を手にした段階では、彼らは「ビックリマン」という物語を知る機会を一切持たなかったことになる。それでは彼らは知りもしない物語に登場するキャラクターのシールをいかなる動機で集めなくてはならなかったのか。

〈ビックリマン神話〉の体系

「ビックリマンシール」の裏側には、表面に描かれたキャラクターについての説明と「悪魔界のウワサ」と題する一行ほどのキャプションが記入されている。例えば「シャーマンカーン」というキャラクターのシールには、「全情の神カーンは、天使の理力パワーを増大させ悪魔に立向わせる教祖なのだ!!」とそのプロフィールが説明され、さらに「悪魔界のウワサ」として「ゼウスとの仲が最近うまくいってないとか」と書き込まれている。これだけでは何のことかわからない。

だが「ウワサ」で言及された「スーパーゼウス」のシールをもし子供が手に入れたとしよう。こちらのシールの裏には「全能の神ゼウスは、すべての悪魔をねじふせるオールマイティの切り札なのだ!!」「悪魔界のウワサ　大金の前では見のがす事もあったとかヨ!!」と書かれている。この二枚のカードの情報から判断すると同一グループに属する二人が実は不仲であり、その原因はスーパーゼウスの金銭感覚にあるか、あるいはシャーマンカーンが裏切りをたくらんでいるからだ、などと推理することが可能になってくる。

つまりカード裏の断片的な情報を集積し分析することで「ビックリマン」の物語が次第に子供たちの前に姿を現すという仕掛けとなっているのだ。おそらく、子供たちは当初は変わったデザインのシールぐらいの印象しか持っていなかったはずである。ところが単純に珍しいシールを集めていただけだった子供がふとシールの裏の情報に気づいてこれを組み合わせてみる。すると、一つの物語世界の輪郭がぼんやりと浮かび上がってきた。子供たちが「ビックリマン」という商品の罠にはまったのはこの瞬間であったはずだ。

チョコレートを買い、一枚一枚のシールを集めるという消費行動がその背後に存在する〈物語〉の体系に近づくことを意味する。子供たちはこの未知の物語を手に入れるため競ってチョコレートを買ったのである。いや、より正確に言うなら、彼らが買おうとしていたのはチョコレートどころか、シールでさえもなかったわけだ。「ビックリマン」という〈物語〉に関する情報を三〇円という対価で購入していたのである。

それではこうして子供たちの前に立ち現れた〈物語〉とはどのような性格のものであったのか。「ビックリマン」について解説した児童まんが誌『コロコロコミック』やその他の文献を熟読すると、「ビックリマン物語」はおおよそ以下のようなものであることがシールをコレクションしていない大人たちにもわかってくる。

まず聖神ナディアという造物主が天界山脈に舞い降りた。ナディアは山のふもとに源層界という世界を創り、次にヘブン士八人をはじめとする神々を次々誕生させた。そして最後にこの地の支配者としてスーパーゼウスとブラックゼウスの兄弟神を生んだ。ところがブラックゼウスの方は始祖ジュラに誘拐され、始祖ジュラの体内に吸収されてしまう。こうして悪神と化したブラックゼウスと源層界の王スーパーゼウスの抗争が始まる。この善神と悪神の戦いは源層紀と呼ばれる時代に始まって始天紀、伸天紀、混天紀といくつもの時代にわたって継続する。封じられていた英雄神アンドロココが復活したり、善神アリババ神帝が悪魔側に寝返ったり、創聖巡師と名乗る漂泊の神々が戦いに参入したり、といった事件が次々と起こる。

つまり、「ビックリマン」の背後に存在するのは一人のヒーローを主人公とする「仮面ライダー」的な〈物語〉ではなく無数の神々をめぐる神話的年代記なのである。事実、「ビックリマン」には特定の主人公はいない。年代ごとにヘッドと呼ばれる英雄神が用意されているが、これは全編通しての主人公ではない。『古事記』の記述に於いて年代ごとにスサノオやオオクニヌシ、ヤマトタケルといった英雄神が神話の軸になっていくのと全く同じ構造である。八百万の神、には遠く及ばないが「ビックリマン」には七七二神がこれまでに登場しており、日本神話に充分匹敵する規模の神話として〈ビックリマン神話〉は体系だてられている。

受け手が見出す〈物語〉

コミックや玩具といった商品の形態に関係なく子供市場でここ数年に現れたヒット商品に共通の要素は、その背後に〈ビックリマン神話〉の如き〈大きな物語〉（神話的年代記）が密かに仕掛けられている点にある。

原作が『週刊少年ジャンプ』に連載され、キャラクター人形も爆発的にヒットした『聖闘士《セイント》星矢』（車田正美作）も、主人公たちのコミック内で繰り広げるドラマとは別に、その背後に〈大きな物語〉を隠し持っている商品だ。「星矢」について特集した『少年ジャンプ』の増刊号「聖闘士星矢コスモスペシャル」では八頁にわたって、社会科の教科書ふうの年表形式でこの〈大きな物語〉について詳細に説明している。天孫降臨を発端とする〈ビックリマン神話〉に対し、〈星矢神話〉はさらに壮大で、ビッグバンによる宇宙の誕生から始まる。

ビッグウィル「大爆発」によって解き放たれた「神々の意志」が地球に宿る。やがて人類が誕生するとその中に「神々の意志」を持つ者が現れ、それがギリシア神話の神々に相当する。地上の支配権を継承した女神アテナはポセイドンをはじめとする邪神たちと「聖戦」を繰り広げるが、このアテナ側についた少年戦士が「聖闘士」である。「聖闘士」と邪神との「聖戦」は「神々の時代」から「混沌の時代」「人間の時代」を経て、現在に至るまで何度も繰り返される。

『聖闘士星矢』のコミックそのものは、現代を舞台にアテナの化身である少女城戸沙織に導かれた五人の少年の最も新しい「聖戦」を描いたものであり、したがって、〈星矢神話〉のほんの断片を構成するにすぎない。しかし作品を読み進めていくにつれ主人公たちの戦いの背後に存在する〈大きな物語〉が読者に見えてくる、という仕掛けとなっている。また、人気ファミコンソフト「ドラゴンクエスト」シリーズでは、ゲームを進めていくにつれてキャラクターの間に系譜関係が見てとれるようなシナリオになっており、ファミコン誌の読者欄には読者が推理したキャラクターの系図が載ったこともある。

目の前の具体的な〈ドラマ〉や〈商品〉の背後に、これらが本来帰属する〈大きな物語〉

を読みとろうという、消費者たちの志向は、おそらくメディアの送り手があらかじめ用意して彼らに与えたものではない。むしろ受け手の側が、送り出されてきた商品の中に組み込まれた情報を積極的に再構成し、勝手に〈大きな物語〉を見出していったのが発端であると思われる。送り手の側はむしろ彼らに引きずられる形で、これを追認してきたようだ。

新作シリーズがビデオや映画で繰り返しつくられる『機動戦士ガンダム』はその好例であろう。初めてのテレビシリーズから十年以上も経過しているこのアニメシリーズは原作者の富野由悠季《よしゆき》によってまずその世界の原型がつくられた。しかし大ヒット作となった「ガンダム」は続々と続編がつくられていくのだが、その作品の寿命が十年に及ぶと、当初の「ガンダム」のファンであったアニメマニアの少年が成人して「ガンダム」のスタッフに参加するという事態が生じてくる。

もともと作品の細部に執着し、作品の裏側にあって表には出てこない設定に異常な関心を持っていた彼らは、それぞれの〈ガンダム神話〉とでもいうべき〈大きな物語〉を各自がつくり上げていた。スタッフとして参加することになった元ガンダム少年たちは、さりげなく彼らの「ガンダム」を作品のディテールにすべり込ませていく。こうして徐々に体系だてられていったガンダム世界をもとに、現在、いくつもの「ガンダム」が原作者の手を離れてファン出身の描き手によってコミックやアニメビデオとしてつくられている。作者も絵柄も主人公さえも違うこれらの〈ドラマ〉は、しかし一つの〈大きな物語〉の秩序に従っている点で共通である。さらにこれらの〈断片〉を受けとった次の世代の消費者は、その背後に再び〈大きな物語〉を発見し、これを発展させていくことになる。

今や、一作一作に描かれた〈ドラマ〉は商品として表層に現れた〈部分〉でしかない。その本体はむしろ背後に隠された〈大きな物語〉の方である。このように受け手（読者）の共通感覚が存在することを当然の前提としてコミックやアニメはつくられる傾向にある。だからこそ永野護『ファイブスター物語』のように単行本の巻末に、年表や人名事典などを収録して読者がこれに従って〈大きな物語〉を「学習」することを強要する作品が許容され、それどころか読者に圧倒的に支持されることになってくる。

永野は自著の「あとがき」で「この物語は、とんでもない話です。なぜならば、受け手（読者）の方々はまず学習しなければ大変わかりにくい内容になっているからです。／まずこの舞台の設定、年表の存在、膨大なキャラクター、ＭＨ、各国家間の情報、ｅｔｃ。たくさんのことをストーリー外の所（年表、設定集）からおぼえておく必要があります」と悪びれずに言い放つ。読者が〈作品〉として提示されたもののみを読んでいるだけでは、意味は理解できないことが作品の「短所」ではなく「長所」としてファンにも受けとめられているのだ。

消費者の関心は不可視の〈大きな物語〉の体系を解明することに集中している。消費者である子供は個別の商品を〈大きな物語〉を察知する手懸りとして購入する。彼らは歴史学者が古文書の中の微細な記述を積み重ね、その整合性の中から〈歴史〉を再構成していくのと全く同じ手続きを「ビックリマン」や『聖闘士星矢』という〈商品〉を消費していく過程の中で行っているわけだ。すなわち、子供の消費行動は〈大きな物語〉への情熱によって支えられているといってよい。

窪田志一と熊沢天皇

子供たちの消費行動を〈大きな物語〉への情熱、と理解した時、ぼくたちは同種の奇妙な情熱に支えられ行動した、何人かの先駆者たちの姿をつい先ほど終わった昭和という時代の中に見出さずにはおれなくなる。例えば四方田《よもた》犬彦が『貴種と転生』(新潮社)の中で紹介した窪田志一なる人物はそんな一人だ。彼は十年以上前、当時大学院生だった四方田を突如として訪問し、以下の如き〈真の日本史〉について語り始めたという。明応五(一四九六）年、薩摩国伊集院の領主橋口家に弥次郎なる人物が生まれる。彼は七歳で数万冊に及ぶ書物を誦読する神童で「頭上石鬢《ひん》」に三寸程の角がはえており「岩屋天狗」と呼ばれた。長じた弥次郎は室町幕府を倒し「易断政府」なる王権を樹立する。ところが北京攻略（弥次郎は中国までその配下に収めようとする）の際、彼は一命を落してしまう。偉大な父親が死した後、その息子の一人であった徳川家康は易断政府の存在をすべて闇に葬ってしまおうと計画する。証拠となる記録は焼かれ、易断政府に関与した人々は抹殺された。窪田志一は、この消された王国、易断政府の存在を世に知らしめ、真の歴史を世に伝えようとして何故か四方田の許を訪ねたのである。

窪田志一が四方田に語ったという〈真の日本史〉は、『岩屋天狗と千年王国』（八幡書店）によってその全容を知ることができる。同書に収録された窪田の略歴によれば彼が〈易断政府史観〉に開眼し、各地を資料蒐集するため歩き始めたのは昭和二十三年頃であるようだ。以来彼は伝説や古文書の断片をつなぎあわせ、彼自身のための〈大きな物語〉を生涯かけて紡ぎ出そうとしたのである。

一方、窪田が〈弥次郎史〉に傾斜し始めたのと同じ頃、名古屋では洋品店を営んでいた熊沢寛道なる人物が「南朝の直系子孫であり正統の皇位継承者である」という主旨の陳情書をマッカーサー元帥に送りつけている。いわゆる〈熊沢天皇〉である。熊沢天皇は東京地裁に「現天皇不適格確認」の訴訟を起こすなど様々なパフォーマンスを演じ、戦後風俗史の中に不思議な一ページを残している。その後、彼は引退して法皇を名乗るが、熊沢天皇に触発されて「自称天皇」が一時期続出したことは広く知られている。

さて、熊沢天皇がマスコミに名乗り出たのは昭和二十一年一月十八日。前年の十二月三十一日にGHQによって日本史、修身、地理の授業停止が指令された直後である。昭和二十一年十月十二日にはスミぬり教科書で日本史の授業が再開する。戦前の日本社会が、今は亡き森の聖老人の一族を中心とする〈大きな物語〉をつくり出し、それを共有していたことは言うまでもない。ところが敗戦によってこの〈大きな物語〉は根本から否定されてしまう。このような時代背景の中で考えた時、窪田志一や熊沢天皇の奇行も失われてしまった〈大きな物語〉を自らの手で再びつくり上げようとするものだったと結論してさしつかえあるまい。

彼らが夢想した真の日本史は、正統派歴史学からは〈偽史〉として黙殺されてしまう類のものだったが、彼らにとって重要だったのは真偽などという卑小なレベルではない。日本人の失われた〈大きな物語〉の代償たりうる新たな〈大きな物語〉を何よりも彼ら自身のためにつくり出すことが最大の目的だったはずだ。

手塚治虫の目指したもの

そしてもう一人、熊沢天皇や窪田志一と同時期に、彼らとはやや異なる方法をもって〈大きな物語〉に向かうことになった人物として、先日（平成元年二月）亡くなった手塚治虫を挙げておく必要がある。昭和二十一年一月、熊沢天皇の登場と全く同時にまんが家としての第一歩を手塚治虫は踏み出した。手塚治虫は、昭和二十年代の半ば、大阪の小出版社から三十冊以上の書き下ろし単行本を出版している。名作もののリメイクや活劇ものもいくつか見られるが、この時期の作品群の中核をなすのが『ロスト・ワールド』『来るべき世界』『メトロポリス』といった近未来大河ドラマである（これらの作品の第一稿を手塚は戦時中密かに書き綴っていた、といわれる）。あるいは同時期に雑誌連載としてスタートしたライオンの父子の三代記である『ジャングル大帝』にも同様のことが言えるのだが、手塚がまんが界に移植した特異なる技術である〈映像的手法〉で描こうとしたのが大河ドラマ、すなわち〈大きな物語〉であったことは、彼を戦後まんが史の中に位置付ける時、避けて通れない問題である。手塚が映像的手法を用いて描こうとしたのは歴史という〈大きな物語〉の中の個人であった。というより、個人を〈大きな物語〉に帰属する存在として描き出すことであった、と表現した方が正確かもしれない。単純明快なスーパーヒーローもののはしりだと思われている『鉄腕アトム』でさえ、ロボットが奴隷として扱われる未来社会に於いて、ロボット解放史という〈大きな物語〉に翻弄されるアトムという個人を描くことが実は主眼となっている。まして壮大な手塚偽史といえる『火の鳥』(この作品の最終章は『アトム』のリメイクになる予定だったと噂されていた)や、自らの先祖の物語を描いた『陽だまりの樹』などは言うまでもない。これらの手塚作品が日本人の失われた〈大きな物語〉に収斂されていく性格のものであったことは、絶筆の一つ『グリンゴ』が日本人のアイデンティティをめぐる物語であったことからも端的に見てとれよう。

本来ならば手塚作品を一作一作仔細に検証することで結論付けねばならない問題なのだろうが、とりあえず結論だけ述べておきたいのは、手塚作品は戦後の日本人の精神史の中で常に読者を優しく抱く〈大きな物語〉として存在していたことである。映像的手法というアメリカ文化の象徴ともいえる映画から掠奪した技術で、失われた日本人のアイデンティティを回復するための〈大きな物語〉を構築しようとしたところに、〈まんが〉というメディアが背負わなければならなかった皮肉な運命さえ見てとれるのだが、それはまた別の問題となってこよう。

子供たちの歴史意識

さて、今日、「ビックリマン」や「星矢」が描き出す〈大きな物語〉に惹かれる子供たちは、昭和二十年の夏、〈大きな物語〉を一瞬にして失い、茫然と立ち尽くした日本人たちの孫に相当する世代である。最初の戦後世代であった団塊の世代の子供たちである。現在、彼らの前にある「歴史」とは、年号と固有名詞を無機的に並べた、無意味な記号の集積として存在するのみで、彼らを抱く〈大きな物語〉はどこにも存在しない。まして彼らのパパやママは熊沢天皇や手塚治虫のように〈大きな物語〉の代償をつくり出す能力を持たず、全共闘という愚にもつかない物語を恋愛小説として語り、酔いしれるだけの世代である。

昨年、森の聖老人のお見舞いにかけつけた少女たちをめぐる一文を書いた時（『中央公論』一九八八年十二月号「少女たちの『かわいい』天皇」）、これをめぐっては、天皇に対し「かわいい」とシンパシーを寄せる少女たちの視点は「ただ単に、歴史意識を持たない少女たちのとりあえずの視点」にすぎないのではないか、という批判を何人かから受けた。彼らは奇妙にも女子高生たちのパパやママの世代であることが共通点だった。「『かわいい』天皇」論自体は、周囲にいる女の子たちから、筆者であるぼく自身が、「バカみたい」と失笑されたという程度の水準でしか彼女たちの真意に迫れていない駄文にすぎない。したがってどう批判されようがかまわないが、ぼくのエッセイでなく、女の子を含めた子供たちを、歴史意識が欠如しているという言い方で切って捨てた時、改めて彼らに問われるのは、戦後史の中で親あるいは大人として子供たちに歴史意識とやらを育ててやれなかった自身の責任であることだけは忘れてはならない。

天皇制を否定するしないにかかわらず、そもそも子供たちは〈歴史〉の中に於ける自己の存在を察知するための教育を学校でも家庭でも受けてこなかったのである。彼らは、時間軸の中に自分たちを置くという訓練を全く受けていない世代である。個人が〈歴史〉にアクセスしうるという夢は、彼らのパパやママの挫折によって霧散させられてしまった。女の子たちが「おばさん」になることを恐怖に感じるのは、時間軸の中で老いていく自分というものを察知できなくなってしまっているからだ。〈大きな物語〉を一切持たされず、ただ空虚の中に漂う少女たちは、だからこそ無垢なるものの象徴として聖老人に自己像を見出し共鳴したのだともいえる。

そして、問題は男の子たちだ。男の子たちは〈天皇〉に対し、いかなるスタンスをとっているのか。彼らが、メディアとの交感によって自らの手で〈大きな物語〉をつくり出し、その中に帰還しようとしていることは既に繰り返し述べた。これが冒頭で説明したいくつかの商品群に子供たちが過熱した最大の理由であることも言うまでもない。〈大きな物語〉が全く存在しない無菌状態の中で大人になった男の子たちは、本能的にメディアの中に神話的な物語世界の存在を察知し、これを明らかにすることに情熱を注いだ。その結果のいくつもの〈偽史〉が彼らの前に立ち現れ、彼らをその内側へと吸収していった。この様々な〈偽史〉の一つとして、〈天皇〉をめぐる物語も受容される余地は充分あったし、今でもあることをここで指摘しておきたい。「ビックリマン」や「星矢」はギリシア神話に素材を得たものだが、メディアが送り出す〈大きな物語〉の素材として次に注目を浴びるであろうと、ゲームやコミック業界でいわれているのが、日本神話及び日本史であることはその意味で興味深い。パソコンやファミコンのゲームソフトの素材として日本神話がぼちぼち採用されつつあることはゲームソフト情報誌をチェックすれば容易に観察できる。実際に日本神話を素材とした物語をつくって、それぞれが登場する神々の役を分担し、善悪二つのグループに分かれ現実の世界で〈聖戦〉ごっこのゲームを密かに繰り広げているゲームマニアのグループさえ実在する。版元が一千万部を突破したと豪語する藤川桂介の小説『宇《うつ》宙皇子《みこ》』は、日本の古代史を〈偽史〉として再構成した十巻に及ぶ〈大きな物語〉である。

〈万世一系の物語〉

皮肉ではなく言うのだが、今日の消費社会に於いて天皇制はマーケティングの問題を抜きにしては語れない段階にきている。〈天皇〉という商品の市場をいかに見きわめ、これをセールスしていくか。あるいはこれに対抗しうる商品＝思想を消費者に提示できるか。〈天皇〉をめぐる論議に必要なのはこのようなマーケティング論に他ならない。

子供たちのニーズが〈大きな物語〉に向かいつつある以上、〈天皇〉さえもその一つとしてセールスすることができるのである。いやむしろ神話的世界と現代をアクセスする〈天皇〉という物語こそ、最も魅惑的な商品として存在しているのだ。仮に、「ビックリマン」や「星矢」と同じシステムを持った商品を万世一系の物語を題材にしてつくったらどうなるか。「ビックリマン」の七七二神の代わりに歴代天皇をキャラクターとして登場させる。商品としての出来さえパーフェクトであれば、子供たちはいとも簡単に神武天皇から昭和天皇までの一二四代を戦前の皇国少年のようにまたたく間に暗誦してみせるだろう。〈万世一系の物語〉を復活させようとする勢力は、冗談ではなく、玩具メーカーかファミコンメーカーに密かに出資することが最も確実な方法だと提案したい。上手くいけば「ビックリマン」「ドラクエ」程度のブームをつくり出すことは充分可能なのである。教科書の記述を天皇中心に書き換えることよりはるかに効果的であるはずだ。

もちろん、天皇制に反対する人々もまた同様の手段は使える。〈反天皇制〉とは違うけれど、「新聞の見出し文字」という情報の断片を手際よく組み合わせることで、「暗躍するユダヤ資本」「反原発運動」なる神話的物語を浮上させ読者を魅了した広瀬隆『危険な話』のように、「ビックリマン」的マーケティングのシステムを利用したセールスに既に成功している例もあるではないか。この手を使えば全共闘の日々を恋愛物語でなく、〈神話〉として自分の子供たちに伝えることもできるだろう。メディアの中で「ドラクエ」「ビックリマン」と同価の存在となること。そしてこれらと競合して、シェアを占有すること。これが〈天皇制〉や〈左翼思想〉を次の世代に継承する唯一の方法なのだというのが、たぶん結論になるのだろう。

ただし、このようなマーケティングはファミコンファンやアニメマニアを中心とした男の子に対してのみに有効な技術であることを注意しておく必要がある。昭和天皇のお見舞いに駆けつけた少女の一人によれば、「新しい天皇はかわいくないので嫌い」、皇太子に至っては「髪型が変」との一言で片付けられてしまっている。不敬極まりない。彼女たちは確かに「歴史意識」のかけらも持たない愚かな存在かもしれない。したがって男の子と違ってこういうめんどくさい仕掛けにもなかなか乗ってこないだろう。けれどもそうやって無化され解体していく〈大きな物語〉もまた、数多く存在することをぼくたちは認めなくてはいけない。

（1989・6）

引用文献

・ARG情報局「ARG（代替現実ゲーム）とは?」 https://arg.igda.jp/p/arg.html
・大塚英志『物語消費論――「ビックリマン」の神話学』新曜社、1989a
・大塚英志『少女民俗学――世紀末の神話をつむぐ「巫女の末裔」』光文社、1989b
・大塚英志『見えない物語――〈騙り〉と消費』弓立社、1991
・大塚英志「麻原彰晃はいかに歴史を語ったか――「土谷ノートを読む」」『戦後民主主義のリハビリテーション（論壇でぼくは何を語ったか）』角川書店、2001
・大塚英志「不良債権としての『文学』」『群像』講談社、2002－6
・大塚英志『キャラクター小説の作り方』講談社、2003
・大塚英志「Escape to Saga Stories in Japan's Subculture」イスラエル日本学会基調講演、2015－5－12
・大塚英志「2015年の「おたく」論『黒子のバスケ』事件と「オタクエコシステム」における「疎外」の形式」『「おたく」の精神史――一九八〇年代論』星海社、2016a
・大塚英志「見えない文化大革命　外国の人に寄せて」『「おたく」の精神史――一九八〇年代論』星海社、2016b
・大塚英志「物語労働論――web上の「新しい労働問題」をめぐって」『早稲田文学』1021号、早稲田文学会、2016c
・大塚英志『感情化する社会』太田出版、2016d

・大塚英志『大政翼賛会のメディアミックス――「翼賛一家」と参加するファシズム』平凡社、2018
・尾崎秀樹『大衆文学の歴史　上　戦前篇』講談社、1989
・角川歴彦／伊藤穰一　対談「日本のコンテンツ産業は、ソーシャルとの融合で世界に挑む。」
　アスキー総合研究所編『新IT時代への提言2011　ソーシャル社会が日本を変える』アスキー・メディアワークス、2011
・川上量生「残念ながら日本の教養の原点はジャンプ」朝日新聞デジタル、2015－8－17
・川田順造「口頭伝承論（1）」『社会史研究』2、日本エディタースクール出版部、1983
・昭和研究会『協同主義の哲学的基礎――新日本の思想原理編 続篇』生活社、1939
・「スーパーシティ」構想の実現に向けた有識者懇談会「「スーパーシティ」構想の実現に向けて　最終報告」2019－2－14
・手塚治虫「interview 手塚治虫　珈琲と紅茶で深夜まで…」、香月千成子企画・構成・制作『ぱふ』清彗社、1979－10
・津野海太郎「勉強報告「世界定め」考」『新劇』白水社、1976－12
・夏目漱石「素人と黒人」『東京朝日新聞』、1914－1－7〜12
・日文研大衆文化研究プロジェクト編著『日本大衆文化史』KADOKAWA、2020
・長谷川天渓「幻滅時代の芸術」『太陽』1906－10
・福田敏彦『物語マーケティング』竹内書店新社、1990
・兵藤裕己『太平記〈よみ〉の可能性――歴史という物語』講談社、2005
・村上春樹『アンダーグラウンド』講談社、1997
・入我亭我入「戯財録」1801、守随憲治校訂『舞曲扇林　戯財録　附　芝居秘伝集』岩波文庫、1943
・柳田國男『口承文芸史考』中央公論社、1947
・吉本隆明『重層的な非決定へ』大和書房、1985

- 吉本隆明『わが「転向」』文藝春秋、１９９５
- イアン・コンドリー、島内哲朗訳『アニメの魂：協働する創造の現場』ＮＴＴ出版、２０１４
- セルゲイ・エイゼンシュテイン、佐々木能理男訳『映画の弁証法』往来社、１９３２
- ヘンリー・ジェンキンズ、渡部宏樹他訳『コンヴァージェンス・カルチャー：ファンとメディアがつくる参加型文化』晶文社、２０２１
- マリー＝ロール・ライアン、岩松正洋訳『可能世界・人工知能・物語理論』水声社、２００６
- ロラン・バルト、花輪光訳『物語の構造分析』みすず書房、１９７９
- BLISSETT, LUTHER "Declaration of Rights of Luther Blissett" 1995
  http://www.lutherblissett.net/archive/095_it.html
- Fiske, John "Understanding Popular Culture" Routledge, 1989
- Jenkins, Henry. "Textual Poachers: Television Fans and Participatory Culture (Studies in culture and communication) " Routledge, 1992
- Jenkins, Henry. "Convergence Culture: Where Old and New Media Collide." New York University Pr, 2006
- Lazzarato, Maurizio "Immaterial Labor", Radical Thought in Italy: A Potential Politics, Univ of Minnesota Pr, 1996
- Wu Ming 1 "WHY NOT SHOW OFF ABOUT THE BEST THINGS? A Few Quick Notes on Social Conflict in Italy and the Metaphors Used to Describe It" 2002, December 2002
- https://www.wumingfoundation.com/english/giap/giapdigest18.html
- Wu Ming 1 "NEW ITALIAN EPIC: WE'RE GOING TO HAVE TO BE THE PARENTS"
- The London Speech, October 2008
- https://www.wumingfoundation.com/english/outtakes/NIE_have_to_be_the_parents.htm
- Wu Mnng1, and Cramer, Florian "Blank Space QAnon. On the Success of a Conspiracy Fantasy as a Collective Text Interpretation Game" 2020

- https://www.wuningfoundation.com/giap/blank-space-qanon/

あとがき

大塚英志

本書は1989年に刊行された『物語消費論――「ビックリマン」の神話学』及び、続篇で1991年刊『見えない物語――〈騙り〉と消費』の二著において、雑駁に展開されたいわゆる「物語消費論」の全面的な書き直しである。それぞれの副題から察知できるように「物語消費論」は、バブル期「ニューアカ」と呼ばれた現代思想と電通などの広告代理店的なマーケティングがあからさまに野合する中、そのおこぼれのような形で書き綴られた、とるに足らない「宣伝」論である。それを動員論として語り直そうとした『物語消費論改』(2012年)があるが、議論も不充分で、幸いにもというべきか、絶版になっている。

今回収録したノート1から4までの4編は、2020年、コロナ禍がなければ海外で予定されていた連続講義用のノートが元になっていている。『早稲田文学』に発表した「物語労働論」(2016年)での議論をベースに構想された。「物語消費」と89年当時に名付けた参加型二次創作を、議論の立ち位置を180度変えて、プラットフォームに於ける「見えない疎外」の所在を示すことが議論の中心である。
恐らく本書が、あなたはプラットフォームにフリーレイバーとして隷属し、搾取され、疎外されていると記しても、大半の人は首を傾げるだろう。しかし1989年の時点でぼくは自分が書き損ねたその問題を放置したままであるのはどうにも居心地が悪い。ぼくはゼロ年代以降、人の活動の相当部分がオンライン上に移行し、プラットフォームによって統治される中で「人」やあるいはその語を用いただけで嫌悪を隠さない人も少なくない「人権」が本質的に変化しつつある、あるいは、してしまったことに強い危惧を抱く。その違和感を1989年で語り得なかったところに立ち戻り、語り直したのが本書だ。詳細な議論はしていないが、青葉真司の事件を理解するのにもプラットフォームにおける疎外という立論は必要だと考える。題名に「シン」と入れたのはそういう諧謔であり、忸怩としての「語り直し」だからである。

巻末には『物語消費論改』に収録してあった「麻原彰晃はいかに歴史を語ったか――「土谷ノート」を読む」「「ビックリマン」と天皇制」の2編を資料として再録した。これは歴史修正主義への自分の考えの及ばなさを示す証拠のようなものだからである。

本書の構想を練るに当たって、マーク・スタインバーグとアルバロ・エルナンデスの二人が用意してくれた、北米でのフリーレイバー及びファン文化論についてのメモに助けられた。感謝したい。当然、議論の粗雑やや論文の誤読は、Webや労働といった不慣れな領域に付け焼き刃で手を出したぼくの責である。

星海社新書191

シン・モノガタリ・ショウヒ・ロン 歴史《れきし》・陰謀《いんぼう》・労働《ろうどう》・疎外《そがい》

二〇二一年八月二五日 第一刷発行

著者 大塚英志《おおつかえいじ》

発行者 太田克史《おおたかつし》
編集担当 太田克史
編集副担当 池澤慧《いけざわけい》

アートディレクター 吉岡秀典《よしおかひでのり》（セプテンバーカウボーイ）
デザイナー 榎本美香《えのもとみか》
フォントディレクター 紺野慎一《こんのしんいち》
校閲 鷗来堂《おうらいどう》

発行所 株式会社星海社
〒一一二-〇〇一三
東京都文京区音羽一-一七-一四 音羽YKビル四階
電話 〇三-六九〇二-一七三〇
FAX 〇三-六九〇二-一七三一
https://www.seikaisha.co.jp/

発売元 株式会社講談社
〒一一二-八〇〇一
東京都文京区音羽二-一二-二一
（販売）〇三-五三九五-五八一七
（業務）〇三-五三九五-三六一五

印刷所 凸版印刷株式会社
製本所 株式会社国宝社

ISBN978-4-06-524714-3
Printed in Japan

191
SEIKAISHA SHINSHO

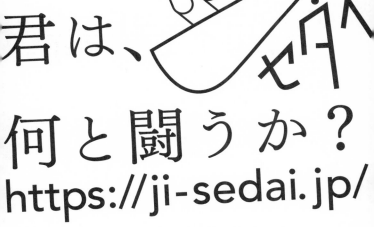

次世代による次世代のための

武器としての教養
星海社新書

星海社新書は、困難な時代にあっても前向きに自分の人生を切り開いていこうとする次世代の人間に向けて、ここに創刊いたします。本の力を思いきり信じて、**みなさんと一緒に新しい時代の新しい価値観を創っていきたい。若い力で、世界を変えていきたいのです。**

本には、その力があります。読者であるあなたが、そこから何かを読み取り、それを自らの血肉にすることができれば、一冊の本の存在によって、あなたの人生は一瞬にして変わってしまうでしょう。**思考が変われば行動が変わり、行動が変われば生き方が変わります。**著者をはじめ、本作りに関わる多くの人の想いがそのまま形となった、文化的遺伝子としての本には、大げさではなく、それだけの力が宿っていると思うのです。

沈下していく地盤の上で、他のみんなと一緒に身動きが取れないまま、大きな穴へと落ちていくのか？　それとも、重力に逆らって立ち上がり、前を向いて最前線で戦っていくことを選ぶのか？

星海社新書の目的は、**戦うことを選んだ次世代の仲間たちに「武器としての教養」をくばることです。**知的好奇心を満たすだけでなく、自らの力で未来を切り開いていくための〝武器〟としても使える知のかたちを、シリーズとしてまとめていきたいと思います。

2011年9月

星海社新書初代編集長　柿内芳文

SEIKAISHA
SHINSHO